KB075801

북극 허풍담 7

SIGNALKANONEN OG ANDRE SKRØNER

First published by Lindhardt og Ringhof, 1988. © Jørn Riel & Gaïa Editions

Korea translation copyright © Yolimwon Publishing co., 2023
Korean edition was published by arrangement with Gaïa Editions through Sibylle
Books Literary Agency, Seoul

이 책의 한국어판 저작권은 시빌에이전시를 통해 프랑스 Gaïa Editions사와 독점계약한
열림원에 있습니다. 저작권법에 의해 한국 내에서 보호를 받는 저작물이므로
무단전재와 무단복제를 금합니다.

북극 허풍담 7

위험한 여행

요른 릴 소설

지연리 옮김

열린원

|일러두기|

• 본문 중의 주석은 옮긴이주다.

• 인명, 지명 등 외국어의 우리말 표기는 국립국어원 외래어 표기법을 따르되,
 통용되는 일부 표기는 허용했다.

인생이란 게 다 그래.
쉬운 일이 하나도 없어.

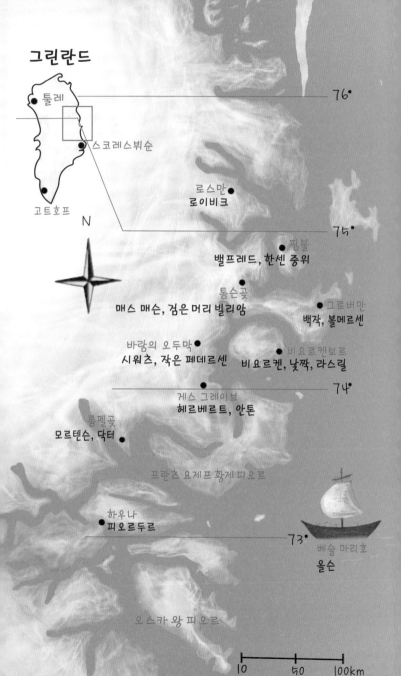

그린란드

툴레

스코레스뷔순

고트호프

N

로스만
로이비크

핌블
밸프레드, 한센 중위

톰슨곶
매스 매슨, 검은 머리 빌리암

그로버만
백작, 볼메르센

바람의 오두막
시워츠, 작은 페데르센

비요르켄보르
비요르켄, 낯짝, 라스릴

게스 그레이브
헤르베르트, 안톤

룸펠곶
모르텐슨, 닥터

프란츠 요제프 황제 피오르

하우나
피오르두르

베슬 마리호
올슨

오스카 왕 피오르

76°

75°

74°

73°

10   50   100km

차례

알리스

충직한 반려견 라반이 사라지고 절망에 빠진 로이빅과 비둘기 브랜디, 그리고 어미 사향소 뒤에 숨어 있던 어린 사향소

그로버만은 매우 특별한 곳이었다. 이 또한 전적으로 볼메르센 변호사와 백작의 의견이었지만, 적절한 위치의 실험 기지와 잘 가꾼 가옥이 그린란드 북동부 어디서도 찾아볼 수 없는 매력적인 장소임은 인정할 만했다. 몇 해 전, 백작이 처음으로 연안에 닻을 내린 때만 해도 그로버만의 기지는 다른 사냥 오두막처럼 나란히 선 별채 오두막 두 채에 길쭉한 굴뚝, 역청을 입힌 판자로 뒤덮인 입방체에 지나지 않았다. 벽에는 추위로부터 몸을 보호하려고 관례로 설치한 사향소 가죽이 펄럭였다. 그러

나 백작이 포도 재배에 이어 시범 농장의 기지 대장으로 변모하는 사이, 오두막도 환골탈태의 과정을 거쳐 치밀한 조사 없이는 원래의 모습을 찾아볼 수 없게 되었다. 귀족 출신인 백작이 롤란 반도의 덴마크령 섬에서 누린 생활은 지금과는 사뭇 달랐다. 유년 시절 이후 비록 다시 가지는 않았지만, 그가 성을 소유한 성주였던 까닭이다. 백작은 사냥 오두막에 겨울 정원과 발코니, 비요르켄보르의 기지를 전부 합친 것보다 더 큰 주방을 합류시키며 기지를 확장했다. 다락을 상아색 탑으로 개조한 뒤에는 겨울 오후, 그곳에 앉아 볼메르센과 차를 마시며 발아래 얼음으로 뒤덮인 땅을 감상했다.

그로버만의 주택에서 전망이 바다를 향한 곳은 주방뿐이었다. 백작이 사냥꾼이 아닌 농부였기 때문에 다른 방은 창문이 모두 육지 쪽으로 나 있었다. 백작은 육지로 난 창을 통해 자갈로 뒤덮인 호밀밭과 네모진 감자밭, 해안 맞은편의 사향소 축산 농장을 바라보며 기쁨에 눈을 빛냈다.

화창한 여름이었다. 볼메르센과 백작은 겨울 정원 앞 벤치에 앉아 있었다. 볼메르센이 '시시콜콜한 이야기'라고 이름 붙인 의자였다. 백작은 정면으로 내리쬐는 정오의 태양에 감각이 둔화함을 느끼며, 쏟아지는 졸음을 참지 못하고 눈을 껌벅였다. 기품 있게 생긴 코 너머로 사팔뜨기가 된 눈을 들고, 턱을 가슴에 붙인 채 안락의 자에 앉은 볼메르센을 멍하니 응시했다. 의식이 몽롱한 가운데 이따금 쾌감에 젖은 한숨이 새어나왔다.

백작이 그해 제조된 신선한 펜당*을 홀짝이며 코맹맹이 소리로 천천히 말했다.

"볼메르센, 여기서 산다는 건 여러모로 좋은 것 같아."

볼메르센이 자세를 고쳐 앉았다. 그는 졸린 눈을 게슴츠레 뜨고 새싹 몇 개가 흙 위로 전력을 다해 고개를 내미는 호밀밭 너머를 응시했다.

"어떤 점이 좋은데?" 그가 물었다.

"예를 들면 기후." 백작은 잔을 돌리며 용연 빛깔의 음료를 코 밑까지 들어 올렸다. "난 이곳 기후가 축복받았다고 생각해. 공기가 차지만 무엇보다 신선하고, 추워도 이렇게 밖에 나와 앉아 자연을 감상할 수 있으니까." 그가 포도주를 한 모금 마셨다. "게다가 빛은 또 얼마나 밝아! 낮이고 밤이고 할 것 없이 환상적인 빛이 우리를 비추잖아."

—

* 스위스 발레에서 재배되는 포도 품종 및 그 포도로 만든 백포도주.

"……그렇지." 볼메르센이 끼어들었다. "그러다가 마음을 진정시키는 어둠이 밀려오고, 어둠에 넌더리가 날 때쯤에는 빛이 돌아오지."

백작이 고개를 끄덕였다.

"볼메르센, 우린 정말 운 좋은 사람들이야. 지금은 죽어서 영혼을 신에게 반납했지만, 형이 그랬어. 열대지방을 여행할 때 매일 일몰을 감상하며 술을 마셨다고."

볼메르센이 잔을 입으로 가져갔다. "그런 걸 선다우너라고 하지." 그가 말했다.

백작이 미소 지었다. "열대지방의 선다우너를 생각했구나. 그들에게는 일몰이 정말 짧았을 거야. 술을 한잔 기울이다 보면 금세 해가 사라졌을 테니까."

볼메르센은 희열감에 도취해 오랫동안 술을 음미했다. "북극에 사는 사람들은 지구상에서 선다우너를 가장 길게 즐기는 사람들일 거야." 그가 말했다. "해가 떴다 지는 데 넉 달이나 걸리니까."

"석 달 반이야." 백작이 정정했다.

"맞아, 해가 졌다 다시 뜨는 데도 석 달 반이 걸리고." 볼메르센이 강조했다. "그해 생산한 포도주를 겨우내 맛볼 최상의 여건이 마련된 셈이지."

"내 말이 바로 그거야. 우리는 정말 운이 좋아." 백작이 손가락으로 술병을 가리켰다. "새걸 가져올까?" 그가 새로운 포도주를 가져오려고 자리에서 일어났다. 이미 말했듯, 주방 창문은 피오르를 향해 나 있었다. 무심결에 창문 밖을 흘겨보던 백작이 피오르에 진입한 보트를 발견하고 소리쳤다.

"곧 손님이 올 것 같아. 볼메르센, 잔과 시가를 꺼내줘. 나는 저장고에 가서 1934년산 그로버만 포도주를 가져올게."

연안의 사냥꾼 중 포도주 맛을 아는 이들은 잊지 않고 그로버만에 들렀다. 그러나 그 수는 많지 않았다. 백작은 해외에서 포도주를 병째 수입했고, 겨울 정원에서 소규모로 포도를 재배했다. 그리고 직접 수확한 포도를 50리터들이의 술통에 넣고 압착해서 프랑스의 각 지방에서 생산된 저렴한 포도주와 혼합했다. 이후 이 음료를 제조 연도를 표기한, 그로버만을 원산지로 하는 라벨 붙은 병에 옮겨 담았는데, 이것은 누구나 아는 공공연한 사실이었다.

매스 매슨과 검은 머리 빌리암은 포도주 애호가가 아니었다. 어떤 종류의 술이든 마다치 않는 밸프레드가 있기는 했지만, 그를 제외하고 사냥꾼들 중 포도주를 좋아하는 사람은 많지 않았다. 물론 포도주를 대접받으면 집주인의 기분을 고려해 입에 넣기는 했다. 하지만 모두 마음속으로는 도망갈 궁리에 바빴다.

매스 매슨과 빌리암이 그로버만에 온 이유는 포도주를 마시기 위해서가 아니었다. 그들의 방문 목적은 다른 데 있었다. 집주인들은 방문객들을 겨울 정원 앞 벤치로 안내하고 손님들의 손에 잔을 하나씩 들려주었다. 그리고 볼메르센이 직접 만든 시가를 입에 물리고 불까지 붙여주는 친절을 베풀었다.

매스 매슨은 독한 담배에 길들여진 사람이었다. 그런데도 시가 연기가 너무 독해서 눈물이 고이고 기침이 나왔다. 그가 쉰 목소리로 말했다.

"백작, 올해는 호밀이 별로 익고 싶지 않나 봐. 어때? 너도 호밀이 여물지 않을 거라고 생각하지?"

"아니, 난 그렇게 생각하지 않아, 매스 매슨." 백작이 차분한 어조로 대답했다.

그의 대답에 다른 질문이 한 차례 오갈 법도 했지만, 매스 매슨은 침묵을 지켰다. 백작이 손가락 세 마디 길이를 결코 넘은 적 없고, 영원히 초록빛에 머물 듯 보이는 호밀 재배에 시간과 돈을 낭비하고 싶어 한다면, 그것은 어디까지나 백작의 일이지 자기가 상관할 바가 아니기 때문이었다. 빌리암이 침묵을 깼다.

"사향소 시범 농장은 어떻게 되었어? 잘돼가?" 그가 울타리를 두른 넓은 면적을 손가락으로 가리켰다. "그런데 내 눈엔 하숙생들이 북쪽 산비탈을 더 좋아하는 걸로 보여. 아니야?"

사향소 시범 농장의 책임자인 볼메르센이 담뱃재를 떨어뜨리고는 고개를 저었다. "우린 그냥 잠시 업무를 중단한 것뿐이야." 그는 담뱃재가 떨어지게 놔뒀다.

"전염병이라도 돌았어?" 빌리암이 물었다.

"아니, 전부 도망갔어. 봄 내내 착하게 울타리 안을 돌아다니더니 몇 주 전, 한밤중에 갑자기 울타리를 부수고 나가버렸어. 여행이 필요했나 봐. 도저히 막을 수가 없었어. 우두머리 사향소의 마음을 돌려보려 1931년산 샤블리 백포도주를 양동이째 가져다줬는데도 실패했어. 환심을 사기에는 턱없이 부족했던 게지."

빌리암이 깜짝 놀란 척했다. "저런, 그게 웬 날벼락이야!"

"아냐, 전혀 그렇지 않아." 볼메르센이 모두의 잔을 다시 포도주로 채웠다. "사실 좀 힘에 부쳤거든. 사향소를 몰 용기도 없었고, 놈들도 너무 마셔댔어. 먹이를 충분히 구하지 못해서 그것도 걱정이었지."

"양모를 생산하려고 했잖아, 그건 어떻게 됐어?" 매

스 매슨이 포도주를 마시고 우거지상이 된 얼굴을 수염 뒤에 숨긴 채 물었다.

"응, 처음에는 그럴 의도였는데 주워 모으기도 전에 털이 다 날아가버렸어. 털을 직접 뽑아보려고도 했는데, 짐승들이 협조적이지 않았고. 피오르두르가 우리한테 짜준 모자 두 개가 우리가 얻은 양모의 전부야. 나중에 백작의 모자에 단 방울이 하나 더 나오긴 했지만."

사냥꾼들은 담배 연기를 한 모금 빨아들이고 입안에 든 포도주를 이리저리 굴리며 한동안 침묵을 지켰다. 그 사이 백작의 눈이 다시 졸음으로 끔뻑였다. 볼메르센의 턱도 가슴에 눌려 두 겹이 되었다. 햇볕이 따끈따끈하게 모두의 몸을 덥히고, 공기는 200킬로미터 떨어진 산봉우리까지 선명하게 보일 정도로 맑았다.

매스 매슨은 모양이 독특한 날갯짓으로 호밀밭 위를 선회하는 어린 멧도요를 관찰했다. 새는 하늘 높이 올라 파리똥만큼 작아지더니 환영처럼 다시 본래의 크기로 되돌아왔다. 환희에 찬 새의 노래가 들려왔다. 달콤하고 명랑한 노래였다. 모두의 시선이 세상에 기쁨을 선물하는 검붉은 빛깔의 날짐승에게 집중되었다.

"로이빅이 이 노랫소리 들었으면 아마 울었을 거야." 매스 매슨이 말했다. "라반이 죽은 뒤로 무척 예민해져 있거든."

"라반?" 백작이 매스 매슨을 보고 물었다. 라반이 누구의 이름인지 기억나지 않았다.

"로이빅의 개. 그 친구가 탈장 수술을 하러 떠났을 때, 유럽까지 쫓아간 덩치 큰 검정 개 말이야." 매스 매슨이 말했다. "너도 알 거야."

백작이 고개를 끄덕였다. 그는 괴물이 기억났다.

"아, 맞아, 그 개가 죽었지. 그래서 로이빅은 어떻게 하고 있어?"

"완전히 고장 났어. 아무 의욕도 없고, 먹지도 마시지도 않아. 같이 사는 작은 페데르센을 패기까지 했어. 그래서 우리가 페데르센을 닥터에게 데려다줬어. 다친 곳을 대충이라도 치료해야 하니까. 페데르센은 집에 가기 무섭다고 지금은 시워츠하고 같이 사냥 다녀."

"저런." 백작이 생각에 잠겨 날아오르는 어린 멧도요에게로 시선을 옮겼다. "로이빅을 위해 할 수 있는 일이 뭐 없을까?"

빌리암이 어깨를 으쓱했다. "할 수 있는 건 우리가 이미 다 해봤어. 라반을 위해 근사한 장례식까지 치러줬는걸. 다이너마이트를 두 개나 써서 깊이 묻어도 줬고, 매스 매슨은 얄의 장례식에서 비요르켄이 한 것보다 훨씬 근사한 연설까지 해줬어."

"내가 제대로 기억하는 거라면, 비요르켄의 연설에는 아무도 귀를 기울이지 않았어." 백작이 미소 지었다.

"맞아, 내가 하고 싶었던 말도 바로 그거야." 빌리암이 웃으며 대답했다.

"페데르센은 왜 때렸지?" 볼메르센이 심문하듯 물었다.

"그 멍청이가 라반의 가죽으로 카미크 양말을 만들려고 했거든." 매스 매슨이 대답했다.

볼메르센은 이해된다는 얼굴로 고개를 끄덕였다. 그렇다면 폭력을 행사할 만한 정당한 사유가 된다. 그가 만약 이 일을 해결하려고 재판관 앞에 서게 된다면 필시 로이빅을 변호했을 것이다. 변호사가 포도주를 한 모금 마시고 의자 뒤로 편안히 몸을 젖혔다. 그리고 변론이 어떻게 발전할지 상상했다. 그는 먼저 라반의 각별했던 충직함을 묘사했을 것이다. 라반이 누구인가? 아픈 주인 곁을 지키려고 자기 자신과 싸워가며 로스만에서 파리를 거쳐 코펜하겐까지 간 녀석이었다. 라반에 관한 진술이 끝나면, 반려견과 뭐든 함께 공유한 로이빅의 동물 사랑을 상세히 서술했을 것이다. 그것만으로도 배심원들의 눈에서 눈물을 뽑아낼 수 있었다. 증거품으로 카미크 양말을 제시하면 배심원들은 작은 페데르센을 거칠고 폭력적인 망나니로 생각할 게 뻔했다. 그러면 볼메르센은 배심원들에게 이렇게 물을 것이다. "여러분이라면 기분이 어떻겠습니까? 여러분의 가장 친한 친구가 가죽이 벗겨져 양말로 변했다면요. 친한 친구가 냄새 고약한 사냥꾼의 발에 더럽혀져야 했다면, 여러분 또한 로이빅과 같은 행동을 했을 겁니다. 그렇지 않습니까?"

볼메르센은 만족스러운 듯 숨을 크게 내쉬었다. 빌리암은 볼메르센의 한숨이 측은지심에서 비롯되었다고 생각했다. 그가 말했다.

"말이 나와서 말인데, 우리가 배를 타고 여기까지 온 건 조언을 구하기 위해서였어."

"조언?" 볼메르센이 의아한 얼굴로 빌리암을 쳐다보았다.

"응, 매스 매슨이 그랬거든. 연안에서 사향소에 관해 제일 잘 아는 사람이 백작과 볼메르센이라고. 그래서 난 너희들이 사향소에 관해 전부 안다고 생각했어. 생활 습관이나 행동 양식 같은 거. 아니야?"

백작과 볼메르센은 의아한 얼굴로 빌리암을 쳐다보았다. 그들은 라반의 죽음이 사향소와 무슨 관련이 있는지 이해되지 않았다.

"어, 그러니까……." 매스 매슨이 무성한 수염에 묻은 포도주를 혀로 핥았다. "일주일쯤 전에 빌리암과 내가 위메르섬*에 갔었어. 여름에 먹을 군것질거리를 구하러 갔는데, 늙은 황소하고 암소를 죽였어. 그런데 암소의 털 속에 새끼가 숨어 있잖아. 더럽게 운이 없었지. 송아지를 발견했을 때는 암소가 이미 네 발을 하늘로 뻗고 뒈진 다음이었어. 갑자기 고아가 된 송아지에게는 불행한 일이었지."

매스 매슨이 잠시 쉬는 시간을 가졌다. 일어나지 말아야 할 사냥이 일어나서 그가 얼마나 힘든지 백작과 볼메르센에게 전하기 위해서였다. 잠시 후, 마음이 충분히 전달되었다고 느껴지자 그가 다시 말을 이었다.

"우리는 송아지를 톰슨곶으로 데려왔어. 그런데 집에 와서 빌리암이 멋진 생각을 해냈어."

빌리암은 자신의 공을 인정하지 않았지만, 매스 매슨이 그의 의견을 수정했다. "아니야, 빌리암, 네가 생각해낸 거야. 그러니까 가만있어. 이렇게 좋은 생각이 날마다 떠오르는 것도 아니잖아. 다시 말하지만 이건 알리스를 어떻게 하면 좋을지 얘기하던 저녁에 빌리암이 생각해낸 거야. 참, 알리스는 송아지 이름이야. 빌리암은 알리스를

———

* 덴마크 자치령인 그린란드 북동부의 섬.

로이빅에게 데려다주자고 했어. 그러면 우울증 치료에 도움이 될 거라고. 나도 빌리암의 생각에 동의해. 그래서 여기 온 거야. 다들 어떻게 생각해?"

집주인들은 아무 말도 하지 않았다. 정신을 집중해 빌리암의 계획을 검토해보았지만, 가능할 것 같기도 하고 불가능할 것 같기도 했다. 첫째, 사향소는 라반과 닮은 구석이 전혀 없었다. 둘째, 사향소는 죽었다 깨어나도 절대 썰매 개가 될 수 없었다. 셋째, 때가 되면 알리스는 자연의 섭리대로 짝을 찾아 떠날 것이고, 로이빅은 또다시 동료를 잃은 슬픔에 빠질 것이다. 이렇게 집주인 둘은 서로 같은 추측을 했다.

빌리암의 생각에 수긍이 가는 점은 사향소가 짧은 시간 안에 라반만큼 몸집이 커진다는 점에서 상당히 매력적인 짐승이라는 것이었다. 그것만으로도 라반에 대한 로이빅의 생각을 충분히 다른 곳으로 돌릴 수 있었다. 성공만 한다면 로이빅을 위해서도, 다른 친구들을 위해서도 좋았다.

"사향소에 관해 내가 알고 있는 걸 말하자면 이래. 나는 로이빅이 알리스 안에서 새로운 라반을 찾아내리라고는 생각하지 않아. 그게 목적이 되어서도 안 되고. 작년에 농장에서 기르던 송아지들을 생각하면 아직도 많이 보고 싶거든. 송아지들은 매력적이고, 감동적이야. 그래서 사랑하지 않을 수 없어. 빌어먹을, 그래서 말인데, 한번 해봐도 될 것 같아."

백작도 볼메르센의 의견에 동의했다. 그가 말했다.

"나도 같은 생각이야. 적어도 로이빅에겐 라반 대신 뭐가 필요한지 생각할 시간이 되겠지."

그린란드 북동부에서는 불가사의한 방식으로 소식이 전파되었다. 눈에 보이지 않는 어떤 힘이 공기 중에 메시지를 실어 사방으로 퍼뜨렸다. 지구 반대편 구석구석까지 소식을 전하는 모르텐슨 무전 기사조차 일상적인 용어로는 표현할 수 없는 이 희귀 현상에, '카미크 우편'이라는 이름을 붙이고 놀라워했다.

예를 들면 이런 것이었다. 언젠가 하우나의 피오르두르가 개 먹이로 사용할 토실토실한 바다표범 고기를 자르다가 도끼를 떨어뜨려 공교롭게도 발을 다친 적이 있었다. 어떻게 알았는지는 모르지만, 그 소식을 전해 듣고 게스 그레이브의 안톤과 헤르베르트가 다른 기지로 원조 요청을 하러 갔다. 그들이 도착했을 때는 이미 핌불은 물론, 비요르켄보르와 로스만에 이르기까지 피오르두르의 부상 소식이 전해진 다음이었다. 이런 이유로 사냥 기지의 요원 모두가 썰매와 배를 끌고 거의 동시에 하우나에 집결할 수 있었다.

카미크 우편은 사향 송아지 알리스 소식도 재빨리 전달했다. 순식간에 로스만을 향해 오는 수많은 배가 바다 위로 모습을 드러냈다. 제일 처음 도착한 사람은 한센 중위와 밸프레드였다. 그들은 돌고래만으로 여름 원정을 나온 참이라서, 거리가 가장 가까웠다.

로스만에 도착한 한센과 밸프레드는 정신을 놓은 채 안절부절못하는 로이빅을 발견했다. 로이빅은 평상시 수다스러운 편에 속했지만, 지금은 꼭 실어증에 걸린 사람 같았다. '안녕' 하는 인사 대신 고개를 한 번 까딱이고, 어깨가 축 처진 채로 무거운 발을 끌고 집으로 올라갔다. 집에 돌아와서는 '쾅' 하고 식탁에 럼주를 올려놓고, 아래층 침대에 누워 위층 침대의 나무판자를 멀뚱멀뚱 쳐다보기만 했다.

밸프레드는 그런 로이빅을 못마땅한 얼굴로 흘겨보았다. 여행하는 내내 로이빅의 침대에서 똬리를 틀 날만 기다렸는데, 로이빅이 침대를 내주지 않은 탓이었다.

럼주를 따기 전에 중위가 짐 가방을 안으로 들여왔다. 침낭과 액체에서 고체에 이르는 상당량의 비상식량, 주방 용품, 총과 그 외의 생필품 일체가 실내로 옮겨졌다. 밸프레드는 궤짝 모양의 긴 의자에 침낭을 펼치고 누워 평온을 되찾은 듯 한숨을 내쉬었다.

한센 중위가 화덕을 살펴보았다. 화덕 안은 며칠째 불을 지피지 않아 싸늘했다. 중위는 석탄 양동이를 들고 씩씩하게 밖으로 나갔다.

"헤, 헤, 로이빅, 인생이란 게 다 그래." 밸프레드가 출렁이는 배에 두 손을 얌전히 포개고 목덜미를 긁었다. "쉬운 일이 하나도 없어."

로이빅은 허공을 응시할 뿐, 대답이 없었다.

"동물 때문에 고생한 사람은 너 말고도 많아." 밸프레드가 고집스럽게 이야기를 이어갔다. "옛날에 링스테드*에 살 때 알고 지내던 놈이 하나 있는데, 엄밀히 말하자면 녀석은 링스테드 사람이 아니었어. 부르주아 계급과 인척 관계에 있는 놈이었으니까. 녀석의 아내는 도살장에서 소시지 안을 채우는 여공이었어. 소싯적에는 슬라겔세**에서 로스킬레***에 이르기까지 소문이 자자한 예쁜

———

*　　덴마크 동부, 셸란섬 중앙에 있는 도시.
**　　덴마크 셸란섬 서부의 도시.
***　　덴마크 셸란섬에 있는 도시로 1443년까지 덴마크의 수도였다.

여자였지. 그런데 어쩌다가 쇠렌센이라는 문제의 녀석과 결혼했는지 몰라. 쇠렌센은 당시 코이에*에 살았는데, 거기 사는 게 놈의 잘못은 아니었어. 코이에 사람들은 짠내 나는 사람들이었거든. 온통 고단한 삶들뿐이었으니까. 물론, 이건 그냥 내 생각일 뿐이야."

밸프레드는 말을 하는 동안 내내 작은 눈을 깜박였다.

"쇠렌센의 아내 이름은 카르멘이었어. 그녀의 아버지는 젊어서 서커스단과 같이 다니던 사람이었는데, 아무튼 좋은 여자였어."

밸프레드가 생각에 잠겨 눈썹을 찡그렸다. "그런데 왜 하필 이름이 카르멘이었을까? 꽤 이국적인 이름이잖아. 혹시 또 모르지. 그녀의 아버지가 서커스단에서 수작을 부린 여자가 남쪽 나라 태생이었는지. 어쨌든 그건 아무도 몰랐고, 수수께끼처럼 영원히 풀지 못했어."

중위가 양동이 가득 석탄을 들고 들어왔다. 그는 화덕을 석탄으로 채우고 성냥을 그었다. 그리고 식탁 위를 치우기 시작했다.

"로이빅에게 카르멘과 그녀의 남편 이야기를 해주고

———

* 로스킬레주 남부의 항만도시.

25

있었어." 뱉프레드가 설명했다.

중위가 고개를 끄덕였다. 벌써 백번도 더 들은 이야기였기에, 그는 거리낌 없이 집안일에 몰두할 수 있었다.

"쇠렌센은 늘 휴업 상태였는데, 그것 빼고는 모든 게 안정적이었어." 뱉프레드가 말을 이었다. 녀석은 대부분의 시간을 공원에서 비둘기들과 함께 보내며 거의 모든 종류의 비둘기를 몰고 다녔어. 정말로 비둘기를 사랑했거든. 온종일 비둘기 깃털을 쓰다듬고 '구구' 하고 달콤한 말을 속삭일 정도였지. 비둘기 말도 얼마나 잘했는지 몰라! 놈이 비둘기들에게 사랑의 말을 속삭일 때면 등이 근질근질해서 죽을 지경이었어. 쇠렌센이 코이에에서 왔고, 코이에에 비둘기가 많지 않다는 걸 생각해보면 참 이상한 일이었지. 도살장의 인부들은 적잖이 쇠렌센을 찾아갔어. 녀석이 아무 때나 놀러 가도 부담 없는 친구였거든."

뱉프레드가 고개를 살짝 쳐들고, 중위에게 당당히 말했다.

"한센, 네가 서 있어서 하는 말인데 럼주 좀 가져다줄래?"

중위는 럼주가 자기 소유라도 되듯 넘칠 만큼 따라서 뱉프레드에게 건넸다.

"고마워, 한센. 늘 말하지만 넌 천사야. 세상에 둘도 없는 동료지. 네가 죽으면 로이빅처럼 나도 굉장히 슬프겠지?"

밸프레드는 럼주를 한꺼번에 입안에 털어 넣고 볼을 여러 번 볼록하게 부풀렸다. 그가 잔을 건네자 한센이 말없이 받아 식탁 위에 내려놓았다.

"한센, 신이 널 지켜줄 거야." 로이빅을 보고 밸프레드가 다시 이야기를 시작했다. "헤, 헤, 로이빅, 다시 본론으로 돌아갈게. 쇠렌센은 특별한 놈이었어. 영혼이 불행한 녀석이기도 했지. 비둘기 똥 냄새가 난다며 아내가 집에 못 들어오게 했거든. 그래서 결국은 공원 오두막에서 지냈어."

"어떤 면에서 보면, 카르멘도 불행하긴 마찬가지였어. 그 여자는 남편을 사랑했어. 쇠렌센은 코이에에서 처음 왔을 때만 해도 꽤 멋진 남자였거든. 그때만 해도 카르멘은 쇠렌센이 '구구' 하고 비둘기 언어로 속삭이는 게 인간적이라고 생각했어. 하지만 그 둘은 결국 비둘기 때문에 헤어졌어. 오두막에 가면, 놈은 언제나 새들과 함께 천장 아래 대들보 위에 앉아 있었어. 새들은 헐떡거리며 놈의 몸을 타고 다니고, 입을 맞추고, 좋아서 구구거리고 그런 난리가 없었지. 한차례 구경이 끝나면, 사람들은 녀석에게 시원하게 목을 축일 음료를 달라고 했어. 도살장에서 자전거를 타고 반 시간을 달려오느라 다들 목이 탔으니까. 그러면 쇠렌센은 푸드덕거리며 횃대에서 내려와 어느새 새 사육장이 되어버린 구들 창밖으로 나갔어. 그러곤 상상도 안 되게 멋진 증류기가 있는 오두막으로 들어갔어. 기계는 쇠렌센의 할아버지가 그린 설계도를 보고 볼레슬레브의 대장장이가 만든 건데, 세기가 바뀌어도 투네에서 폭발적인 인기를 끌었어."

벨프레드가 수염에 묻은 럼주를 혀로 핥았다. "쇠렌센의 증류주에서는 화독내가 좀 났어. 많은 사람이 술 뒷맛에서 비둘기 오줌 냄새가 난다고도 했고. 하지만 난 놈의 술도 훌륭했다고 생각해. 상당량 마시고 나면 맛이 확연히 좋아졌거든. 첫 잔은 쓴맛이 강했지만, 반 리터 정도 들이키면 쓴맛이 거의 사라졌어. 어쨌든 지금 생각해보면 좀 묘한 슈냅스이긴 했어."

벨프레드가 로이빅을 보려고 끙끙대며 몸을 옆으로 돌렸다.

"상황이 그랬는데 카르멘의 심정이 어땠겠어! 그녀에겐 직업도 있었고 남편이 귀찮게 하지도 않았지만, 아마 굉장히 힘들었을 거야. 이해가 가. 여하튼 도시에는 쇠렌센에 대해 수군대며 험담하는 소리가 나돌았어. 그래도 카르멘은 끄떡하지 않았지. 그러던 어느 날이었어. 쇠렌센이 비둘기들에게 주려고 완두콩을 사러 밖으로 나간 사이, 카르멘이 자전거를 타고 공원 근처의 오두막으로 달려갔어. 그리고 비둘기를 잡아 자루에 담기 시작했어. 링스테드로 돌아와서는 랑게이드의 생선 장수에게 날짐승들을 몽땅 팔아버렸어. 참, 랑게이드는 큰길 이름이고, 카르멘이 비둘기를 판 가게 앞에는 창자를 제거한 토끼가 네 마리씩 매대 위에 묶여 있었어."

밸프레드가 위쪽 틀니를 꺼내 아이슬란드 스웨터로 광을 냈다. 깨끗해진 치아를 제자리에 끼워 넣고 그가 말을 이었다.

"맞아, 로이빅, 이건 정말 슬픈 이야기야. 동물을 지나치게 사랑하면 어떻게 되는지 잘 알려주는 이야기지. 어쨌든, 쇠렌센은 뒤늦게 아내가 벌인 짓을 알고 완전히 정신을 놓아. 당연한 일이었지. 그리고 정신병원에서 데리러 오기 전까지 횟대에 앉아 '구구' 하고 가슴이 찢어지게 울었어. 사람들은 놈이 내려오게 하려고 기다란 장대로 찔렀고, 녀석은 그제야 횟대에서 내려왔어. 그러고는 양팔을 날개처럼 펼치고 날아올랐어."

로이빅이 고개를 저었다. "그자가 하늘을 날았어?" 그가 조용히 물었다.

밸프레드가 고개를 끄덕였다.

"맞아, 날았어. 곧바로 바닥으로 곤두박질쳤지만. 그일로 녀석은 목이 부러졌어. 로이빅, 동물을 지나치게 좋아하면 이렇게 돼. 슬라겔세에 사는 예쁜 여자건, 비둘기건, 라반 같은 개건 모두 똑같아. 그래서 내가 이 이야기를 좋아하는 거야. 교훈이 있으니까."

로이빅이 눈에 띄지 않을 만큼 가볍게 고개를 끄덕였다. 그는 고개를 돌리고 침대 끝 상단의 경사면을 응시했다.

"그럼 카르멘은, 그 여자는 어떻게 되었어?"

"카르멘? 뭐, 그 여자는 계속해서 잘 살았어. 남편이 죽고 난 다음에는 도살장 일을 그만두고 증류주를 만드는 일에 열중했지. 그 여자를 위해서건 우리를 위해서건 여러모로 좋은 일이었어. 카르멘은 증류주 제조에 탁월한 재능이 있었거든. 술에다가 분홍바늘꽃*을 넣을 생각을 다 했으니까. 너도 알지? 왜, 증류주에 천상의 풍미를 더하는 비둘기풀. 카르멘은 술만 잘 만드는 게 아니라 자기가 만든 상품을 내다 팔 줄도 아는 통 큰 여자였어. 아교로 도장을 만들어 라벨에 '쇠렌센의 비둘기 브랜디'라고 찍어 팔기까지 했다니. 그 후, 쇠렌센의 비둘기 브랜디는 스켈스쾨르까지 이름이 날 만큼 엄청 유명해졌어. 내가 알기로는 경찰이 매독도 아닌데 과민 반응을 유발한다고 압수해 갈 정도였지."

한센 중위로서는 처음 들어보는 결말이었다. "밸프레드, 진짜야? 그 술이 과민 반응을 일으켰어?"

"응, 경찰이 죽을 때까지 그랬어!" 밸프레드가 강조했다.

"과민 반응으로 죽었다고?"

밸프레드는 심각한 얼굴로 한센을 바라보았다. "응, 그 더러운 게 골수까지 침입해서 10년 정도 뒤에 뒈졌어. 안에 뭐가 들어 있긴 했나 봐."

"매독에?"

"맙소사! 아니, 이 멍청이야. 비둘기 슈냅스에. 그 술은 농축된 거였거든. 한센, 굉장히 진했어."

매스 매슨과 빌리암이 비요르켄보르의 주민들과 거의 동시에 도착했다. 그리고 그 저녁, 피오르두르가 닥터와 모르텐슨을 대동하고 로스만에 착륙했다. 이튿날 아침에는 시워츠와 안톤, 헤르베르트로 구성된 나머지 손님들이 해안에 배를 댔다. 모두 상을 당한 로이빅의 슬픔을 달래기 위해 모인 것이었다. 작은 페데르센은 현장에 없었지만, 그래서 더욱 눈에 띄었다. 그는 긴 여행

———

* 바늘꽃과의 여러해살이풀로 북반구 전역이 원산지다.

을 하기에는 몸이 아직 덜 회복되었고, 무엇보다도 무서워서 노발대발하는 로이빅과 만나고 싶어 하지 않았다. 대신 알리스가 배에서 내렸다. 매스 매슨은 알리스를 잠시 배의 화물창에 놔두었다.

늘 그랬듯, 한자리에 모인 사냥꾼들은 잘 먹고 양껏 목을 축였다. 축제에 가까운 흥겨운 분위기가 로스만의 오두막을 점령했다. 로이빅은 왁자지껄한 분위기를 피해 침낭을 들고 산으로 자러 갔다. 동행하는 사람도 없고, 사방이 고요했다. 마음이 한결 편했다. 그는 고독 속에서 어두운 생각들과 함께 달콤한 우수에 젖어 들었다.

로이빅이 자연이라는 숙박 시설을 찾아 떠나자, 친구들은 훨씬 자유롭게 상을 당한 벗을 두고 토론을 벌였다. 연안에서는 처음 겪는 일이라서 모두가 큰 관심을 보였다. 로이빅과 라반의 관계는 헤르베르트가 수탉 알렉산드르와 유지한 관계와는 비교할 수 없었고, 호색가가 매력적인 복서견에게 쏟은 애정과도, 돈 스벤슨이 기꺼이 보아뱀 막달레나에게 희생된 것과도 비교할 수 없었다. 비요르켄의 주장에 따르면, 로이빅과 라반의 관계는 중간에서 비역질하는 사람이 없는 유일한 경우였고, 둘이 함께한 시간은 세상 누구도 고개를 끄덕일 만큼 조화로운 삶의 전형이었다.

라스릴이 흥분해서 한 손가락으로 허공을 찔렀다. "비요르켄, 텐트 얘기도 있어요. 알잖아요. 백조하고 같이 자빠져 자는 거요. 설마 벌써 잊었어요?"

비요르켄이 제자를 매섭게 노려보았다. "네가 사용하는 단어는 정말 나를 깜짝 놀라게 해, 라스릴. 레다는 자빠져 자지 않았어. 품위 있는 부인이었거든. 그런 부인들은 잠을 안 자. 물론 외간 남자와 놀아나지도 않아. 백조와 그녀의 관계는 순수하고 낭만적이었어. 친구, 레다는 아직도 수많은 책이 언급하고, 진정한 예술가들이 그림으로 표현할 만큼 아름다운 여인이야. 그래서 말인데, 방금 네 말은 비요르켄보르의 주민이 말한 것이라고는 믿기지 않게 저급했어. 우리의 명성과 전혀 어울리지 않는 부끄러운 표현이었지. 라스릴, 언제까지 반복해야 알아들을래? 언어란 인간이 사용하는 도구 중 가장 품위 있는 도구야. 그걸 잊지 마. 언어가 없으면 우린 아무것도 아니야. 맞아, 정말 아무것도 아니지. 그런 의미에서 방금 네가 한 표현은 네가 아무것도 아니라는 걸 증명해주는 거였어."

모인 이들 중 비요르켄의 말에 이의를 제기하는 사람은 없었다. 비요르켄이 청년을 훈육할 때 얼마나 가혹한지 모두 알았고, 쓰디쓴 말이라도 교육을 위해서라면 필요하다고 여긴 까닭이었다.

낯짝이 서둘러 말을 잘랐다. 비요르켄의 질책이 언어의 역사적 비교 연구라는 날개를 달고 장광설로 이어지지 않도록 막기 위해서였다.

"로이빅에게 소개하려면 이제 알리스를 데리러 가야지." 그가 콧잔등 위로 무거운 안경을 붙들어 매고 있던 감자 뿌리를 잡아당겼다. 그리고 근시안인 눈으로 주변을 둘러보았다. "짐승을 밤새 화물창에 가둬둘 수는 없잖아."

모두가 낯짝의 제안에 찬성했다. 못다 한 연설을 입가에 묻힌 비요르켄만 예외였다. 알리스는 곧바로 화물창에서 나와 육지로 옮겨졌다. 어린 사향소는 자유를 되찾은 행복감에 잠시 장난을 치며 뛰어놀다가 패거리들의 손에 이끌려 산으로 올라갔다.

로이빅은 텐트에서 100여 미터 떨어진, 이끼로 뒤덮인 바위에 앉아 있었다. 등을 구부리고 앉은 뒷모습이 매우 처참해 보였다. 친구들은 바위 뒤에 몸을 숨기고 참을성 있게 다음에 벌어질 일을 기다렸다.

알리스는 조심스럽게 텐트로 다가갔다. 그러고는 한동안 집요하게 텐트 천 냄새를 맡고, 천막을 지탱하는 줄을 핥더니 로이빅의 등을 발견하고 소리 없이 다가가 탐색을 시작했다. 알리스는 제일 먼저 로이빅의 냄새를 확인했다. 후일에도 기억하기 위해서였다. 그런 다음 콧방울로 로이빅의 등을 살짝 건드렸다.

"라반?" 로이빅이 속삭였다.

어린 사향소는 로이빅의 등을 다시 한번 코로 부드럽게 밀었다. 로이빅이 한 손을 등 뒤로 뻗었다. 그러자 벨벳처럼 부드럽고 축축한 콧방울이 손바닥 안에 들어왔다.

사냥꾼들은 흥분해서 조용히 숨을 죽였다.

"피부 접촉은 굉장히 중요해." 비요르켄이 속삭였다. "조금 있으면 둘의 시선이 교차할 거야. 이것도 굉장히 중요하지. 역사적인 일이 시작되는 중대한 순간이니까. 결과는 둘 중 하나일 거야. 사랑, 혹은 반감."

"허튼소리 마." 매스 매슨이 으르렁거렸다. "이건 그냥 로이빅이 짐승을 좋아하거나, 싫어하거나 둘 중 하나야. 그게 전부야."

"그런데 뭔가 톡 쏘는 냄새가 나요." 라스릴이 말했다. "로이빅이 어쩌면 이 냄새를 좋아할지도 모르겠어요."

"알리스를 방사하기 전에 내가 에스프리 드 발데마르를 뿌려줬거든." 검은 머리 빌리암이 설명했다. "수피아를 만날 때마다 내가 늘 뿌리는 거야. 경험상 날카로운 신경을 둔화시키는 데는 이것만큼 좋은 게 없어."

놀랍게도 비요르켄의 예언이 실현되었다. 로이빅이 고개를 돌리고 송아지를 응시한 것이다. 송아지의 눈은 이제껏 본 어떤 눈보다 아름다웠고, 믿음직했다. 로이빅은 한 손을 뻗어 송아지의 앞다리 사이를 긁었다. 알리스는 털 끝 하나 움직이지 않고 기분 좋은 듯 두 눈을 반짝였다. 지금까지 이렇게 정성껏 긁어준 사람은 없었다. 게다가 앞다리 사이는 알리스가 스스로 긁지 못하는 곳이었다.

"요 귀여운 악마 같으니." 로이빅이 중얼거렸다. "대체 어디서 왔니? 엄마는 어디에 두고, 엉?"

알리스가 로이빅에게 몸을 기댔다. 그러고는 콧방울을 사냥꾼의 털북숭이 뺨에 문지르고, 고독한 사내의 목덜미와 머리카락을 뿌리까지 정성껏 핥았다.

"이런, 사람들이 보면 이 늙은 로이빅과 네가 정분 났다고 하겠다. 요 녀석, 어디, 어떻게 생긴 놈인지 자세히 좀 보자." 로이빅은 무릎을 꿇고 양손으로 알리스의 작은 귀를 움켜잡았다. 그리고 송아지의 묵직한 머리를 좌우로 다정하게 흔들었다. 알리스는 고개를 숙이고 로이빅의 가슴팍으로 파고들었다. 그 바람에 로이빅이 뒤로 넘어지며 히스에 파묻혔다.

"어이쿠, 이젠 놀자고?" 그가 웃으며 알리스의 머리를 잡고 또다시 좌우로 흔들었다. 어린 사향소는 로이빅의 얼굴을 정성껏 핥았다.

비요르켄이 이해가 간다는 듯 고개를 끄덕였다. "드디어 접촉이 이루어졌군. 잘된 것 같아. 이제 저 둘은 떼려야 뗄 수 없는 사이가 될 거야. 지금부터 우리가 할 일은 신속하게 내빼는 거고. 로이빅이 자진해서 우리에게 네 발 달린 새 친구를 소개하게 하려면 모두 일사불란하게 움직여야 해. 물론 이 일에 대해, 우린 모두 금시초문인 거야. 알았지?"

사냥꾼들은 바위 뒤에서 몰래 빠져나와 로스만의 오두막으로 되돌아왔다. 그리고 로이빅이 불참한 가운데, 잠시 중단되었던 잔치를 이어갔다.

알리스는 로이빅의 집에 머물렀고, 작은 페데르센은 시워츠의 집에 머물렀다. 로이빅은 어린 송아지에게 가족이자 우두머리가 되었다. 그리고 알아가야 할 세계가 되었다. 로이빅에게는 다리가 두 개밖에 없었고 엄마와 닮은 구석도 전혀 없었지만, 알리스는 처음 품에 안긴 이후 절대로 사냥꾼 곁을 떠나지 않았다. 자기가 왜 그러는지 반추하지도 않았다. 어쩌면 이것은 사향소가 사냥꾼이 자기가 닮았는지 아닌지 묻지 않은 결과인지도 몰랐다. 사실 알리스는 그런 의문이 무엇을 의미하는지 몰랐다. 그저 하루하루를 있는 그대로 받아들였고, 로이빅 또한 있는 그대로 받아들였다.

작은 페데르센과 시워츠는 마음이 잘 맞았다. 페데르센은 조용한 데다 지칠 줄 모르는 사냥꾼이라서 기지의 이익을 위해 좋았고, 시워츠는 무난한 성격이라서 누구와도 잘 어울릴 사람이었다. 게다가 연안에서 진짜 변소를 가진 유일한 사람이었다.

알리스가 온 이후로, 로스만의 일상이 달라졌다. 로이빅은 어린 사향소가 침대 밑에서 편안히 잘 수 있도록 페데르센이 사용하던 아래층 침대를 없앴다. 그 즉시 알리스는 새로운 동료와 보내는 밤에 적응했다.

알리스는 많이, 그리고 자주 먹었다. 특히 밤에 그랬다. 로이빅은 밖에 쌓아둔 꼴에 눈이 쌓이는 저녁이면 송아지에게 줄 크레프를 만들었다. 알리스는 크레프 외에도 거의 모든 종류의 음식을 먹었다. 식성이 까다롭지 않아서 키우기가 수월한 친구였다. 먹성이 얼마나 좋은지 당근과 신문, 잡지는 물론 로이빅의 스키 양말까지 집어삼켰다. 어떤 날에는 반 킬로그램에 달하는 흑색화약과 화약 상자까지 소화했다. 양껏 먹은 다음에는 언제나 물 한 양동이로 목을 축였고, 로이빅은 이튿날 아침마다 빈 양동이를 보고 놀라워했다. 알리스는 거의 모든 음식에 호기심을 가졌다. 모험을 즐겼으며, 놀라운 소화력을 자랑했다.

좋은 먹성은 어린 송아지를 빠른 속도로 성장시켰다. 몇 달 후에는 몸집이 너무 커져서 로이빅의 침대 밑이 비좁게 느껴질 정도였다. 하루하루가 달랐다. 어느 아침은 침대 바닥 판자가 들썩였고, 어느 날에는 침대 바닥이 50센티미터나 솟아올라서 로이빅은 침대에 앉아 있다 말고 천장에 머리를 부딪쳐야 했다.

로이빅은 덫을 점검하러 다닐 때마다 알리스와 동행했다. 그렇다고 알리스가 로이빅처럼 덫에서 덫으로 이동했다는 말은 아니다. 알리스는 먹잇감을 찾아 계곡과 산허리를 이리저리 들쑤시고 다녔다. 가르치지 않았지만, 코로 바닥을 긁어 용케도 극지의 버드나무 잎을 눈 밑에서 찾아냈고, 로이빅이 어디에 있든 본능적으로 알아냈다. 로이빅이 사냥 대피소에서 밤을 보내고 나오는 아침이면, 전속력으로 달려와 늙은 사냥꾼에게 얼굴을 들이밀고 혀를 널름거리며 재회의 기쁨을 표현했다.

알리스는 무럭무럭 자라났다. 그 결과, 또래의 젊은 암소보다 덩치가 크고 뚱뚱해졌다. 로이빅은 처음에는 그 이유가 기름진 식사 때문이라고 생각했다. 하지만 아니었다. 알리스는 어느새 강철처럼 단단한 뿔이 구부러지고, 어깨뼈의 높이가 무려 1미터 50센티미터에 달하는 다 큰 황소가 되었다. 그제야 로이빅은 알리스를 알리스라고 이름 짓지 말았어야 했음을 알았다. 로이빅은 지금껏 알리스의 뒷다리 사이, 기다란 털 뒤에 무엇이 숨었는지 관심을 가진 적이 없었다. 하지만 더는 아니었다. 마침내 그가 확인을 위해 알리스 밑에 누웠다. 그리고 소의 뒷다리 사이에 의기양양하게 솟은 부속물을 발견했다.

로이빅은 밝은 곳으로 나와 몸을 일으켰다. 그리곤 덥수룩한 머리카락 속으로 손가락을 파묻었다.

"젠장! 친구, 어떻게 하지?" 그가 중얼거렸다. "이제 와 이름을 바꿀 수도 없고, 그냥 알리스로 있자. 나도 어쩔 수 없어. 너를 처음 봤을 때 네 이름이 알리스라는 사실에 잠시도 의문을 품은 적이 없었으니까. 게다가 친구들 모두 너를 알리스로 알고 있는데 이제 와 어떻게 이름을 바꾸겠어? 안 돼, 그럴 수는 없어."

로이빅의 설명에 알리스는 모두 이해한다는 듯 사냥꾼의 어깨에 다정하게 머리를 기대고 어리광을 부렸다. 로이빅은 뒤로 넘어졌다. 번개처럼 재빨리 자세를 바로잡지 않았다면, 육중한 뿔에 밀려 다칠 수도 있는 상황이었다.

"알리스라는 이름은 그대로 두기로 해. 그리고 더는 말하지 말자. 혹시 네 이름을 갖고 놀리는 놈이 있더라도 걱정하지 마. 내가 다 해치워줄게."

그렇게 알리스는 그대로 알리스로 불렸고, 무럭무럭 성장해 가슴팍이 넓어지고 바람처럼 빨라져 정처 없이 돌아다니기 시작했다.

그러던 어느 날이었다. 로이빅과 알리스는 사향소 무리와 마주쳤다. 트뤼그베의 엉덩이섬 오두막을 향해 걷던 중이었다. 오두막 이름은 작고한 노르웨이의 뚱보 사냥꾼 이름을 따서 지은 것이었다. 아직 겨울이라 소들이 대단위로 무리 지어 이동하지는 않았다.

사향소 무리는 늙은 황소 한 마리와 암소 네 마리, 다 자란 수소 몇 마리에 어린 송아지로 구성되어 있었다. 로이빅은 자리에 앉아 알리스의 반응을 살폈다. 알리스는 한동안 눈밭에 머리를 붙이고 무겁게 숨을 몰아쉬며 불안한 듯 네 다리를 움직였다. 로이빅은 아무 말도 하지 않았다. 뭐든 알리스가 알아서 할 일이기 때문이었다.

알리스는 로이빅 앞을 서성였다. 그러다가 가끔씩 황소 무리로 애매한 시선을 던졌다. 무리 중 수송아지 한 마리가 알리스를 발견하고 우두머리 황소에게 녀석의 존재를 알렸다. 우두머리 황소는 소과 짐승의 근시안인 눈으로 알리스와 로이빅이 있는 언덕을 바라보았다. 그러고는 잠시 후, 세찬 숨을 몰아쉬며 콧구멍을 벌름거렸다. 고개를 숙인 채 콧방울을 눈 속에 파묻고 있던 알리스도 우두머리 황소의 반응을 보고 천둥 같은 소리를 내며 앞으로 달려갔다. 우두머리 황소는 알리스가 첫 번째 암소에서 불과 몇백 미터 떨어진 곳에 이를 때까지 꿈쩍 않고 적의 동태를 살폈다. 이어 자리를 박차고 알리스를 향해 돌진했다. 알리스와 우두머리 황소의 질주는 같은 레일 위를 달리는 두 대의 급행열차 같았다.

로이빅은 어깨를 움츠리고 눈을 질끈 감았다. 황소 두 마리가 충돌하며 폭발적인 굉음이 들려왔다. 늙은 황소는 힘없이 밀려난 자신의 네 다리를 잠시 힐책하는 눈으로 내려다보았다. 하지만 곧 머리를 거세게 흔들며 위풍당당한 남성성을 과시했다. 알리스는 생애 처음으로 극심한 고통을 맛보고 놀란 눈으로 황소를 쳐다보았다. 그러더니 재미있는 놀이를 발견한 듯 우두머리 황소를 따라 제자리를 맴돌았다. 격분한 우두머리 황소가 사납게 코를 킁킁거리며 고개를 숙이고 앞다리로 영구 동토층을 파헤쳤다. 알리스는 녀석의 행동을 주의 깊게 관찰했다. 그리고 늙은 황소를 따라 땅을 파기 시작했다.

가끔 로이빅에게 난해한 시선을 던졌지만, 알리스는 엉덩이부터 머리끝까지 전해지는 짜릿함에 전율하며 젊은 암소들에게서 눈을 떼지 못했다. 이윽고 알리스가 긴 울음소리를 내며 폭탄처럼 내달려 늙은 수컷의 머리를 힘껏 들이받았다. 우두머리 황소가 최고 속도에 이르기 직전이었다. 온순한 늙은 암소들은 가공할 박치기 소리에 놀라 머리를 쳐들었고, 우두머리 황소는 강한 충격에 사팔눈을 하고 비틀거리며 뒷걸음질 쳤다. 알리스는 강철처럼 단단한 머리로 다시 한번 적의 이마를 공격했다. 이에 우두머리 황소는 다리를 휘청이며 콧구멍에서 두 줄기 붉은 액체를 뿜어냈다.

　우두머리 황소는 그 즉시 등을 돌리고 퇴장 의사를 밝혔다. 그런데 사향소들의 법을 몰랐던 알리스가 또 한 번 일격을 가해 늙은 황소의 엉덩이에 뿔을 깊이 박았다. 마침내 우두머리 황소는 고통에 신음하며 무리를 떠나 갈지자로 걸어서 언덕 너머로 사라졌다.

　이 모든 광경을 지켜보던 로이빅이 일어나 손뼉을 쳤다. 알리스는 그대로 길을 거슬러 올라가 형제애 가득한 포옹으로 늙은 사냥꾼을 기쁘게 해주고 싶었다. 그래서 로이빅을 향해 고개를 돌렸지만, 젊은 암소들이 매력적인 향기를 내뿜으며 신호를 보내왔다. 알리스는 수송아지들을 경계하며 뻣뻣한 걸음으로 사향소 무리를 맴돌았다. 그러고는 마음에 드는 예쁜 암송아지 두 마리에게 코를 들이대고 킁킁거리더니 다른 사향소들처럼 버드나무 잎을 찾아 눈 더미를 파헤치기 시작했다.

이튿날 아침은 알리스의 인사 없이 시작되었다. 알리스가 폐위시킨 늙은 황소 외에 다른 사향소는 보이지 않았다. 무슨 일이 벌어졌는지 알 것 같았다. 로이빅은 또다시 고독이라는 불치병을 선고받고 심통이 났다. 우두머리 황소도 불쌍했다. 그는 자비를 베풀어 죽은 사향소의 가죽을 벗기고 로스만으로 가져왔다. 이제 늙은 황소는 침대 밑에서 아침마다 로이빅의 두 발을 따뜻하게 덥힐 터였다.

로이빅은 알리스를 잃은 상실감에 신음했고, 로스만에는 다시 고독이 찾아왔다. 알리스과 함께 살 때는 라반도, 작은 페데르센도 생각나지 않았다. 하지만 혼자가 되자 동료 생각이 간절해졌다. 로이빅은 침대에 누워 천장을 바라보며 지금은 곁에 없는 친구를 생각했다.

며칠 뒤, 그는 바람의 오두막으로 갔다. 작은 페데르센을 데려오기 위해서였다. 그러나 페데르센은 로이빅을 달가워하지 않았다. 집으로 돌아가고 싶어 하지도 않았다. 시워츠에게 이미 적응이 되었고, 진짜 변소가 없는 곳에서 더는 살고 싶지 않다는 이유였다.

"변소는 만들면 돼." 로이빅이 약속했다. "돌아가면 자물쇠가 달린 진짜 구멍 뚫린 변소를 만들어줄게."

페데르센은 유감스럽다는 표정으로 늙은 동료를 바라볼 뿐, 아무 대답이 없었다. 더는 방법이 없었다. 로이빅은 슬펐다. "가끔 로스만에 놀러 갈게." 페데르센이 제안했다. "가서 몇 주 정도 있다 오면 될 거 아니야. 안 그래?"

로이빅이 고개를 끄덕였다. 달리 할 수 있는 일이 없을 때는 받아들이는 게 도리였다. 로이빅은 다음번 페데르센의 방문을 기대하며 로스만으로 향했다.

로스만으로 돌아오는 길에 그는 해골만 하구의 작은 오두막에서 하룻밤을 보냈다. 오두막은 시워츠가 담당하는 곳으로 깨끗하고 편안했다. 요리용 화덕과 침대도 하나 있고, 작은 식탁에는 물병과 읽을거리도 놓여 있었다. 로이빅은 50년도 더 된 낡은 지역신문을 들고 자리에 누웠다. 히메랜드의 양봉을 주제로 한 인상적인 기사를 읽을 때였다. 밖에서 코를 훌쩍이며 꿀꿀거리는 이상한 소리가 들려왔다. 그는 자리에서 잽싸게 튀어 올라 전투태세에 돌입했다. 곰이었다. 굶주린 탓에 동면에 들지 못한 녀석이 오두막 밖을 서성이고 있었다. 그런데 아뿔싸! 총이 없었다. 따뜻한 오두막 안에서는 녹슬 염려가 있었기에 썰매에 총을 두고 온 것이다. 로이빅은 서둘러 석유램프의 불빛을 줄였다. 곰은 이미 오두막 뒤편의 합각머리까지 접근한 뒤였다. 놈은 오두막 밑을 파헤치고, 별채 오두막 위로 몸을 구부렸다. 로이빅은 숨을 죽인 채 밖에서 나는 소리에 귀를 기울였다.

곰은 로이빅의 냄새를 따뜻하고 맛있는 음식 냄새로 받아들였다. 대리석 무늬를 한 어린 바다표범이나 기름진 연어, 월귤나무 열매와는 전혀 달랐지만, 상당히 자극적인 냄새였다. 로이빅이 바깥에 던져버린 낡은 바지를 게걸스럽게 먹어치울 정도로 몹시 굶주렸던 곰은 처음으로 맡아보는 야릇한 음식 냄새에 이끌려 이국적인 식사 장면을 상상하기 시작했다.

곰은 그래도 서두르지 않았다. 어떻게 하면 조개껍데기처럼 밀폐된 공간에서 먹잇감을 빼낼 수 있을지 궁리하며 문과 문지방 사이에 난 틈새로 코를 들이밀었다. 그러다 우연히 한쪽 벽이 허술함을 알았다. 그 뒤로는 모두가 예측하는 상황이 벌어졌다. 녀석이 왼쪽 앞발을 들어 현관문을 부수기 시작한 것이다. 왼쪽 앞발은 곰의 가장 강력한 무기였다. 문틀이 너덜너덜해지며 나뭇조각이 떨어져서 로이빅을 지나 화덕에 떨어졌다. 굶주린 곰의 극에 달한 포효가 사방을 뒤흔들었다. 최소한 2미터 30센티미터의 반경을 뒤집고도 남을 위력이었다. 겁먹은 먹잇감은 방바닥에 납작 엎드렸고, 곰은 침을 질질 흘리며 아가리를 크게 벌렸다. 로이빅은 끔찍한 공포를 느꼈다. 하지만 그 두려움은 지나친 것이었다.

네 발로 서 있던 곰이 갑자기 몸을 움츠리며 꽥 하고 비명을 지른 것이다. 해괴한 힘에 하체를 들이받히고 곰은 불꽃처럼 로이빅 위로 튀어 올라, 오두막을 가로질러 남쪽 벽을 뚫고 달아났다.

앨리스는 호기심에 싸여 부서진 문을 탐색하다가 로이빅을 발견하고 기뻐서 한달음에 달려왔다. 그러고는 악을 쓰며 사냥꾼의 귀에 얼굴을 문질렀다.

로이빅도 일어나 오랜 친구에게 머리를 파묻었다.

"요 녀석, 내 애인." 입양한 아기를 다시 보게 된 그가 너무 기뻐서 질질 짜며 우는소리를 했다. "염병, 내가 여기 있는지 알고 있었어, 엉? 그런데 그 악마 같은 곰은 대체 어떻게 해치웠어? 사랑하는 내 앨리스, 요 불량배 같은 놈!"

곰은 다시 나타나지 않았다. 반신불수가 된 몸으로 빙원을 향해 다리를 절며 걷다가, 그것도 고통스러운

지 기어서 사라지더니 영영 돌아오지 않았다. 로이빅은 오두막에서 나와 열다섯 마리로 구성된 사향소 무리를 발견했다. 모두 오두막 위 산허리에서 조용히 풀을 뜯고 있었다. 로이빅은 알리스를 따라 걸었다. 사향소 무리와 충분히 가까워진 때였다. 송아지를 거느린 암소들이 보였다. 로이빅의 눈에 눈물이 고였다. 닭똥 같은 눈물이 수염 위로 떨어졌다. 무슨 일인지 잘 알 것 같았다. 그가 할아버지의 눈으로 손주 송아지들을 바라보았다.

그 후, 로이빅은 알리스를 자주 보지 못했다. 하지만 언제나 알리스의 보호 아래 있다고 느꼈고, 사향소 무리의 일원이라고 생각했다. 사냥꾼들은 로이빅의 끊임없는 협박에 시달렸다. 그가 알리스와 그 자손을 죽이면, 누구든 상관없이 죽이겠다고 으름장을 놓고 다닌 탓이었다. 이런 이유로 로이빅과 시워츠의 관할 구역에는 사향소가 대대손손 번성했다. 매스 매슨의 말처럼, 모두는 그 일대가 알리스를 닮은 사향소들로 채워지는 쪽이 그린란드 북동부의 평화를 지키는 길이라 믿은 까닭이었다.

여행자들

—

솜씨 좋은 닥터와 여자에 관해 아는
바가 전혀 없는 매스 매슨

사냥 회사 대표는 호전적인 사내로, 회사 재정의 출혈
을 막으려 끝없이 투쟁했다. 그는 국수주의적인 기질을
무기 삼아 그린란드 북동부 일대를 덴마크의 심장이라
고 선언했다. 그리고 초감각적인 혜안을 동원해 룸펠곳
라디오 기지의 아버지인 룸펠 국회의원과 다년간 동맹
관계를 맺고, 그린란드 북동부를 위한 모금을 벌여 막
대한 부를 축적했다.

룸펠 국회의원이 사임한 이후, 사냥 회사는 최대 소득
원을 잃고 경영에 어려움을 겪었다. 이것이 대표가 회사의 존속을 위해 필요한 자금을 얻으려 이례적인 투쟁에 뛰어든 이유였다.

스웨덴에서 휴가를 보내던 중, 대표에게는 기막힌 생각이 떠올랐다. 호텔은 나지막한 언덕이 에워싸고 있었다. 그는 호텔 로비의 유리창으로 풍경을 감상하며 아름답다고 생각했다. 하지만 그린란드 북동부와 비교하면 스웨덴의 산들은 쇠똥으로 가득한 방목지 같았다. 게다가 북극의 웅대한 자연에 비해 너무 단조로웠다.

회사 대표는 평소 그린란드 동부를 세상에 널리 알리고 싶어 했다. 그는 눈앞의 단출한 풍경을 바라보며 자신의 소망이 이루어지리라 확신했다. 그래, 바로 이거야! 그린란드 동부에 여행객을 보내면 돼! 환상적인 그 연안에는 악마조차 친히 납신 적이 없었다. 대표는 웃옷 주머니에서 수통을 꺼내 술 몇 모금을 홀짝이고 용기를 얻었다. 그리고 생각을 진전시켰다. 그는 창밖으로 펼쳐진 설경을 바라보며 원대한 꿈을 꾸기 시작했다. "빙하로 오세요." "북극의 해안에서 일광욕을 즐기세요." 술을 몇 모금 더 마시자 머릿속에 새로운 표어가 줄줄이 떠올랐다. 수통이 비었다. 빈 수통을 채워 여행 프로젝트를 완성하기 위해 그는 객실로 올라갔다. 애석하게도 호텔은 주류 판매를 금지하고 있었다.

로비로 돌아온 그는 터무니없는 계획을 짜기 시작했다. 회사는 연간 최소 1만 4000크로네의 적자를 보고 있었다. 그중 1만 2000크로네는 선한 마음으로 공정하게 책정한 임금 인상에서 기인했다. 회사 대표로서 그는 어떠한 역경에도 굴하지 않고 적자를 딛고 흑자로 변화시키겠다고 다짐했다. 그는 머릿속으로 음료를 제외한 1인당 운송비와 식비 및 숙박비를 계산했다. 그 결과 두당 600크로네라는 수치가 산정되었다. 수지가 맞으려면 1600크로네를 내는 열네 명의 여행객이 필요했다.

대표는 생각에 잠겨 담배를 꺼냈다. 하지만 곧 생각을 바꾸어 담배를 호주머니 속으로 밀어 넣었다.

열네 명이나 대량으로 유입되면, 적잖은 소란이 일어날 수 있었다. 열넷은 주민의 두 배 가까이 되는 숫자였다. 그가 생각했다. 열넷을 둘로 나눠 일곱 명의 여행객을 받아들인다고 하면, 1인당 여행 경비를 3200크로네로 대폭 인상해야 했다. 그런데 일곱 명의 여행객 중에는 필시 이 가격을 마음에 들어 하지 않는 이들이 있을 터였다. 그러니 3200크로네에서 최소경비 600크로네를 빼야 했다. 2600크로네라⋯⋯.

대표는 생각에 잠겨 만년필로 기울여 쓴 숫자를 들여다보았다. 너무 저렴했다. 빙하 지대를 여행하는 데 겨우

2600크로네밖에 들지 않는다면 누가 믿겠는가? 가격을 조금 더 인상해야 했다. 여행 경비를 3200크로네 그대로 유지하면 식비와 숙박비를 줄여 이익을 내야 했기에, 3500크로네로 가격을 올리는 편이 유리했다. 이 정도면 모두가 수긍할 만했다. 파라다이스에서 4주간 체류하기에 꼭 알맞은 금액이었다.

대표는 호주머니를 더듬으며 입술을 핥았다. 그리고 유리창에 비친 자기 자신에게 미소 지었다. 어려운 재정 문제를 한꺼번에 해결할 획기적인 계획이었다. 그뿐이 아니었다. 모험가들은 영원히 기억에 남을 여행을 할 수 있었고, 고독한 사냥꾼들은 외로움을 달랠 수 있었다. 회사의 행정적 책임자인 그 자신에게도 개인소득을 올릴 새로운 기회였다.

일간지에 작은 광고를 내자 여행을 갈망하는 가엾은 비둘기 일곱 마리가 덫에 걸려들었다. 여행객들은 계약서에 사인하고 현금으로 경비를 지급했고, 회사 대표는 경영에 도움이 될 장래성 있는 사업을 발견해서 기뻤다. 그는 흡족한 마음으로 그린란드 북동부의 전 기지를 대상으로 여행객이 7월 중순에 도착한다는 전보를 작성했다.

모르텐슨은 무전 기사로 긴 생애를 살아오며 기이한 내용의 전보를 상당히 많이 받아왔다. 하지만 개인적으로 온 전보를 제외하면 대부분 특별히 염려할 만한 소식은 아니었다. 전보가 올 때마다 그는 기계적으로 점과 선을 판독 가능한 알파벳으로 변경하고, 모범생 같은 글씨체로 예쁘게 전사했다. 이어 규정 수칙에 따라 접고, 비밀 보장을 위해 붉은색 밀랍으로 인장을 찍어 봉한 뒤 닥터에게 전했다.

판에 박힌 듯 비인격적으로 진행되는 전보의 수신 작업은 대표가 보낸 전보에도 적용되었다. 모르텐슨은 노련한 손놀림으로 송신기의 버튼을 돌려 잠그고, 닥터에게 "끝났어!"라고 외치고는 전보를 접었다. 벌써 12월이었지만, 그해에 네 번째로 온 전보였다. 꽤 한가한 직업이었다. 그가 그린란드에 온 이유는 뼈 빠지게 일하기 위해서가 아니었다. 그런 조건이었다면 어느 곳에서든 쉽게 일자리를 찾을 수 있었다. 모르텐슨은 옆방으로 갔다. 닥터가 일을 마치고 페달 발전기에서 내려오고 있었다.

"회사 대표가 기지 전체에 전보를 보냈어. 염병, 이게 무슨 일이래?" 모르텐슨이 으르렁거리며 불평했다.

닥터가 서신을 집어 들었다. "중요한 소식이야?"

"나도 몰라." 모르텐슨이 투덜거렸다. "다른 사람에

게 온 전보는 읽지 않잖아. 게다가 이건 기지 전체에 온 전보야." 그가 주방으로 가 뙈리쇠에서 커피메이커를 떼어냈다.

"내용이 같다고 내가 먼저 읽고, 각자에게 요점을 정리해줄 필요는 없다고 생각해." 그가 씩씩거렸다. "부탁한 사람도 없고, 그럴 의무도 없으니까. 그래서 너도 읽지 않는 거잖아."

"누가 뭐라고 그랬어?" 닥터가 따져 물었다.

모르텐슨은 생각에 잠겼다. 그 즉시 머릿속에 모스부호가 떠올랐다.

"여행객." 천천히 그가 말했다. "7월 중순에 여행객 일곱 명이 배를 타고 여기에 온대."

닥터의 눈이 휘둥그레졌다. "여행객들이라고?" 공포에 사로잡혀 그가 숨을 헐떡였다. "맙소사! 모르텐슨, 난 그런 소식은 못 전해. 사냥꾼들이 산 채로 내 가죽을 벗길 거야."

모르텐슨은 커피 필터에 끓는 물을 부었다. "맞아, 그럴 위험이 커. 그래도 산악회와의 일은 잘 해결되었잖아. 그때에도 넌 최악의 상황이 벌어질까 봐 벌벌 떨었어. 괜찮을 거야. 그냥 전보를 전달하는 것뿐이라고 생각해."

"벌써 다 수신했어?"

"응, 어쩔 수 없었어."

"모르텐슨, 어떻게 그럴 수 있지?" 닥터는 목을 감싸고 있던 아이슬란드 스웨터 속으로 손을 집어넣었다. 굵은 땀방울이 흐르는 게 느껴졌다. "여행객들은 산악회원과 달라, 알아? 수없이 많은 방식으로 우리가 자기들을 즐겁게 해주길 바라잖아."

"맞아, 똥도 닦아주길 바라지!" 모르텐슨이 그린란드 북동부의 직접 어법을 구사했다.

그가 식탁으로 가서 커피와 잔 두 개를 내려놓았다. "그럼, 전보를 받지 않은 것처럼 시치미 떼볼까? 어떤 일이 벌어질지는 닥쳐봐야 알겠지만, 난 여행객들이 온다는 전보를 사냥꾼들이 읽는 게 낫다고 생각해. 그럼 최소한 여기가 여행객들의 하숙집이 되지는 않을 테니까."

여행객 일곱 명이 7월 중순에 온다는 소식은 2월 초까지 비밀에 부쳐졌다. 말하자면 비요르켄이 어금니의 통증을 호소하며 닥터에게 진료를 받으러 룸펠곳으로 오기 전까지.

비요르켄은 안색이 몹시 안 좋았다. 며칠째 밤새 자지 못해 눈 밑이 파리했다. 머리는 밀가루 포대로 동여맸고, 포대 밑에는 기름때가 낀 두툼한 면포를 네 겹이나 끼웠다. 환자의 오른쪽 머리 부분을 따뜻하게 유지하려고 낮짝이 한 응급처치였다. 낮짝에게 비요르켄의 치통은 신이 내린 은총이었다. 퉁퉁 붓고 쿡쿡 쑤시는 턱 때문에 기지 대장이 말을 잃은 지 오래였기 때문이다. 비요르켄은 불분명한 발음으로 구시렁거리며 투정을 부리거나, 고통에 신음하며 구슬프게 탄식할 뿐, 언제부터인가 꼬리에 꼬리를 물고 이어지는 장광설을 늘어놓지 않았다.

닥터는 의자 위에 비요르켄을 앉혔다. 그리고 조심스럽게 밀가루 포대를 풀어내고 기름때가 낀 면포를 제거했다.

비요르켄은 닥터가 입을 크게 벌리라고 말하자, 숨결이 거칠어졌다. 그러고는 사납게 눈알을 굴리며 고개를 저었다. 앞으로 무슨 일이 벌어질지 뻔했다. 치통은 때로 신체 일부의 정상적 가동을 멈추고, 인간의 이성을 마비시킨다. 비요르켄이 그랬다. 사실 그는 입을 벌리고 싶었다. 통증이 절정에 달했고, 고통이 심해지는 것 말고는 다른 변화가 있을 것 같지 않았다. 그가 비명을 질렀다. 고통에서 해방되려고 입을 벌려보려 했지만 불가능했다. 모르텐슨과 낮짝이 닥터의 은밀한 신호 아래 천천히 비요르켄의 뒤로 다가섰다.

모르텐슨은 비요르켄을 의자에서 끌어 올려 강제로

식탁에 눕혔다. 낮짝은 비요르켄의 길쭉한 다리 위에 앉았고, 모르텐슨은 환자의 가냘픈 몸에 90킬로그램에 달하는 체중을 던졌다. 비비 꼬이는 팔은 라스킬이 평정했고, 고통에 신음하는 입속으로 닥터가 나무 수저를 쑤셔 넣었다.

"젠장, 그만 질질 짜!" 닥터가 중얼거렸다. "구멍을 뚫어야겠어."

비요르켄은 도망치려고 필사적으로 몸부림쳤다. 그러나 모르텐슨의 허리 치기 한 방에 곧바로 식탁에 들러붙었다.

닥터는 페달식 치과용 드릴을 가지러 작업실로 갔다. 몇 해 전 그로버만에서 사향소들이 형체를 알 수 없게 뭉개버린 자전거의 잔해로 만든 것이었다. 그는 비요르켄의 머리 옆에 기계를 내려놓고, 0.5밀리미터 굵기의 드릴을 원통형 물림쇠에 끼웠다. 그리고 왼발로 몇 차례 페달을 밟아서 기계가 제대로 작동하는지 확인했다. 비요르켄은 겁에 질린 얼굴로 소름 끼치는 소리를 내며 돌아가는 푸르스름한 금속 덩어리를 노려보았다.

"거의 다 됐어." 닥터가 환자를 안심시켰다. 그는 작업실로 들어가 뷰렛과 솜뭉치, 고운 시멘트로 채운 작은 봉지를 들고나왔다. 이어 잔에 시멘트 가루를 붓고 소량의 물과 혼합한 뒤, 식탁으로 돌아오더니, 격려차 환자를 향해 웃어 보이고 나무 숟가락을 수직으로 비틀어 비요르켄의 턱뼈를 벌렸다. 그리고 드릴을 입안에 집어넣었다.

드릴은 비요르켄의 입안에서 둔탁한 소리를 냈다. 독특하고도 견디기 어려운 소리였다. 모르텐슨은 비요르켄보르의 기지 대장 위에 누워서 환자에게 꽃이 만발한 초원과 윙윙거리는 꿀벌, 백작의 포도 농장이나 볼메르센이 만든 시가 등, 마음을 편하게 할 이미지를 떠올리게 했다. 낮짝은 오랜 친구에게 연민을 느끼고 안경을 벗었다. 그는 비요르켄의 고통스러운 얼굴을 차마 볼 수 없었다. 스승의 팔을 꼭 붙잡고 있던 라스릴은 치료 내내 뜨거운 눈물을 쏟았다.

유쾌한 기분을 유지한 사람은 닥터뿐이었다. 그는 윙윙대며 돌아가는 드릴의 리듬에 맞춰 즐겁게 콧노래를 흥얼거리면서 치료 과정을 설명했다.

"비요르켄, 됐어. 이제 썩은 부분을 제거할 거야. 온갖 몹쓸 것들로 채워진 지독한 분화구지. 어휴, 냄새가 어떤지는 굳이 얘기하지 않을게." 그가 드릴을 빼고 뷰렛을 들었다. 고무관을 눌러 노간주나무주를 한 방울 떨어뜨리자, 비요르켄의 눈빛이 인간의 것으로 되돌아왔다.

닥터는 환자를 기쁘게 해주기 위해 액체 두 방울을 식도에 대고 곧바로 분사했다.

"어때, 이제 힘이 불끈 솟지? 그건 그렇고, 회사 대표가 다음번 배에 여행객을 일곱 명 실어 보낸다고 전보를 보내왔어. 알아?"

닥터가 예상한 대로 격렬한 경련이 비요르켄의 몸을 훑고 지나갔다. 비요르켄의 생각은 간담을 서늘하게 하는 메시지로 재빨리 옮겨 갔고, 닥터는 페달을 밟는 속도를 늦추며 드릴로 치아의 썩은 부분을 긁어냈다. 눈앞에서 불이 번쩍였다. 비요르켄은 극심한 통증에 몸을 떨었다.

"그래, 그런 일로 기지 전체에 전보가 왔었어. 그리고 난 이 엿 같은 소식을 전달할 수 없었고. 젠장, 비요르켄, 뿌리가 손상된 것 같아." 닥터가 치아에 구멍을 뚫으며 생긴 파편을 빼내려 노간주나무주를 길게 분사했다. 그리고 받침대에서 램프를 떼어내 환자의 머리 위로 들어 올렸다.

"비요르켄, 미안해. 나도 몰랐어. 어쨌든 전보는 기지 전체에 왔어. 내가 아까 말했지? 그나저나 충치가 심해. 그래서 말인데, 지금 당장 뽑아야겠어."

비요르켄의 눈이 당구공만큼 커졌다. 무언가 말하려

했지만, 하려던 말이 캄캄한 어둠 속에 갇혀 나오지 못했다. 어금니 사이에 나무 숟가락을 수직으로 끼워 넣은 채로 알아들을 수 있는 말을 할 줄 아는 사람은 없었다. 비요르켄은 애원하는 눈으로 조수를 올려다보았다. 닥터는 모른 척했다. 전문가답게 환자의 심리적 안정을 도모하기 위해서였다. 집도의가 집게를 가지러 간 사이, 비요르켄은 조수의 도움으로 뷰렛에서 다량으로 분사되는 음료를 마음껏 음미할 권리를 누렸다.

　"곧 끝나." 환자를 진정시키려고 닥터가 말했다. "이를 뽑을 때 조금 아프겠지만, 곧 괜찮아질 거야. 원한다면 마음껏 소리 질러도 좋아. 난 괜찮으니까." 그가 나무 숟가락이 단단히 고정되어 있는지 확인했다. 그리고 비요르켄의 입안으로 손가락을 집어넣어 치아의 상태를 살폈다.

　"비요르켄, 고백하는데, 넌 정말 착한 환자야. 내가 제대로 이해한 거라면 그들은 7월 중순에 도착해. 여행객들 말이야. 그 외에 다른 말은 없었어." 닥터는 비요르켄이 어금니를 물지 않도록 숟가락을 살짝 왼쪽으로 옮기고 집게를 앞으로 내밀었다. 다양한 용도로 사용되는, 무엇이든 한번 잡으면 놓지 않는 튼튼한 집게였다. 닥터는 집게 분야에 정통한 사람이었다. 그는 얼마나 조여야 치아가 부서지지 않는지 잘 알았다. 딱 한 번, 헤르베르트의 이를 부숴뜨린 적은 있었다. 덕분에 부서진 치아 파편과 뿌리를 채굴하려고 몇 시간에 걸쳐 고된 노동을 해야 했다.

비요르켄은 완전히 포기하고 눈을 감았다. 감사하는 마음으로 사형집행인에게 자기 자신을 온전히 내맡겼다. 생각할 권리조차 포기하니 빨리 끝나기를 바라는 마음도 일지 않았다.

이를 감싼 집게의 물림 장치가 고정되었다. 닥터는 비요르켄의 머리를 식탁에 붙들어두기 위해 환자의 이마에 한쪽 손을 올려놓았다. 충치를 살살 돌려가며 앞으로 잡아당기자 이 하나가 천천히 턱뼈 밖으로 빠져나왔다. 닥터가 만족스러운 표정으로 비요르켄의 코앞에 대고 뽑아낸 충치를 흔들었다. "자, 여기 죄인이 있네. 이제 더는 너를 괴롭히지 못할 거야." 비요르켄은 마침내 모르텐슨의 체중에서 해방되었지만, 누운 채 감은 눈을 뜨지 않았다.

"카미크를 벗은 건 아니겠지?* 죽으면 안 되는데 어째?"

—

* '카미크를 벗다'가 여기서는 죽는다는 의미로 쓰였다.

낮짝이 불안한 듯 외치며 황급히 안경을 썼다.

"쇼크야." 닥터가 설명했다. 그가 뷰렛 주둥이를 비요르켄의 입에 가져다 대고 세차게 펌프질했다. "몇 분 후면 완전히 새사람이 될걸." 닥터는 만족감에 기분이 날아갈 것 같았다. 수술이 잘 끝났기 때문이기도 했지만, 우연한 기회에 문제의 전보를 기지 전체에 배포하게 된 까닭이었다. 비요르켄의 귀에 들어갔으니 소문이 퍼지는 것은 이제 시간문제였다.

오두막 곳곳에서 여행객들의 방문을 두고 활발한 토론이 벌어졌다. 매스 매슨과 검은 머리 빌리암은 의견 일치를 보지 못하고 주먹다짐을 벌였다. 빌리암은 유료 관광객이 여행을 오면 회사는 수입이 늘어 좋고, 자기는 여자 여행자 중 마음에 드는 암비둘기를 골라 자빠뜨릴 수 있으니 일거양득이라며 대표를 지지했다. 여자 이야기에 성이 난 매스 매슨은 폭력을 행사하며 인상적인 논거를 펼쳤다. 하지만 곧 후회의 쓴잔을 마셔야 했다. 그는 빌리암의 결정타에 완패당하고 도움 없이는 움직일 수 없는 상태가 되어 침대 위로 간신히 기어 올라갔다.

메시지와 함께 돌아온 비요르켄은 이러쿵저러쿵 별다른 주석을 달지 않았다. 그는 발치 후 회복이 빨라서 닥터나 현장에 있던 다른 이들에게 원한이 없었다. 대신 여행객들을 단번에 격퇴할 방법을 찾아 비요르켄보르를 이리저리 배회했다.

다른 기지에서도 부정적 반응과 긍정적 반응이 교차했다. 헤르베르트와 안톤은 여행객들의 방문을 무조건 찬성했고, 밸프레드와 중위는 미지근한 태도를 보였다. 로이빅은 아무 말이 없었고, 시워츠와 작은 페데르센은 적극적으로 반대했다. 피오르두르는 새로운 세입자를 받아들이고 싶어 하지 않았다. 현재 페트린느와 다사다난한 시간을 보내고 있었기 때문이다. 백작과 볼메르센은 새로운 사람들이 그들만의 낙원을 방문한다는 생각에 벌써 가슴이 뛰었다.

베슬 마리호는 빠른 속도로 북대서양을 가로질렀다. 배는 유료 관광객들을 태우고 잔잔한 바다를 평화롭게 항해했다. 올슨은 왕립 배우 한센과 한센의 조카딸에게 선실을 양보했다. 한센의 조카딸은 과거 왕립발레단의 단역배우였다. 두 번째 선실은 육류도매업자인 옥슨크로네와 그의 아내 제르다에게 바쳐졌고, 의무실은 주식중개인 엑셀센과 그의 노부 토르발 엑셀센에게 할애되었다. 선원들의 방은 가족의 돈으로 여행을 떠난 샤를르 C의 갈증을 해소하는 용도로 사용되었다.

올슨 선장은 샤를르 C가 마음에 들지 않았다. 그는 아메리카에서 추방되는 대신 호화 여객선을 타고 그린란드 북동부로 여행을 떠난 모리배로, 가족들 모두 무위도식하는 그를 검은 양처럼 여겼다. 그런데도 샤를르 C는 올슨을 무시했다. 그리고 아침부터 밤까지 술에 취해 듣도 보도 못한 노래를 흥얼거렸다.

올슨은 왕립 배우와 그의 조카딸을 존중했다. 왕립 배우 한센은 키가 컸고, 머리카락은 후추와 소금을 섞어놓은 듯한 회색빛이었다. 나이는 예순 살가량 되었고 위엄 있는 풍채, 양쪽 귓불을 타고 부드럽게 곡선을 그리는 구레나룻, 뾰족한 콧날과 파란 눈이 중요 요소로서 그에게서 풍기는 귀족적 인상을 완성했다. 물론 이 고귀한 눈도 바람을 맞으며 갑판에 오를 때는 눈곱에 뒤덮이긴 했다.

올슨은 한센의 조카딸을 장식품이라고 불렀다. 사뿐사뿐 걸으며 한센 삼촌을 위해 세심한 배려를 아끼지 않았지만, 어디까지나 매력적인 소품처럼 보인 까닭이었다. 그래도 젊은 처자가 늙은 남자를 살뜰히 보살피는 모습은 꽤 감동적이었다.

육류도매업자는 상스러운 남자였다. 졸부에다가 뚱

뚱했고, 아내를 돼지처럼 다뤘다. 올슨은 옥슨크로네가 일행이 보는 앞에서 아내를 웃음거리로 만들 때마다 격분했다. 그는 몇 년 전 결혼해서 아내를 어떻게 대해야 하는지 잘 알았다.

주식중개인인 엑셀센은 누더기처럼 무기력하고, 뱀장어처럼 음흉한 사내였다. 키가 크고 몸매가 홀쭉하며 늘 느끼하게 웃는, 겉만 번지르르한 사내였다. 올슨 선장은 그와 절대로 말을 섞지 않았다. 반면, 여든일곱 살 된 토르발 엑셀센은 아들과 달리 올슨의 노간주나무주와 한센의 조카딸을 탐할 정도로 용감하고 인간적인 사내였다.

베슬 마리호는 평화로운 항해를 마치고 톰슨곶에 도착했다. 올슨은 옹기종기 모인 성질 급한 사냥꾼 무리를 기대했다. 그런데 그를 맞이한 것은 심통 가득한 매스 매슨과 호기심 많은 빌리암이 다였다.

"젠장, 모두 어디 있어?" 선장이 투덜거렸다. "값진 물건을 잔뜩 싣고 왔는데 아무도 받으러 오지 않는다니, 이게 말이 돼?"

매스 매슨이 올슨에게 싸늘한 미소를 지어 보였다. "난 네가 그 값진 물건을 각 기지로 배달한다고 들었어.

대표가 보낸 전보에 그렇게 쓰여 있었지.”

"각자 손님을 데리러 왔어야지.” 올슨이 으르렁거렸
다. 그러고는 모자를 목뒤로 밀어젖히고 계산을 하기 시
작했다. 기지별로 여행객들을 데려다줄 수는 없었다. 그
러려면 최소한 여드레가 소요되었다. 그사이에 얼음이
얼면 또다시 몇 주가 지체될 터였다. 그가 재미있다는
듯 웃는 매스 매슨에게 상황을 설명했다.

"가장 좋은 건 네가 초대된 사람들을 데리고 연안을
한 바퀴 도는 거야.” 매스 매슨이 말했다. "그대로 쭉 가
서 해외 상관까지 내려가는 거지. 거기서 여행객들에게
진짜 에스키모도 구경시켜주고 원주민들이 북소리에 맞
춰 춤추는 것도 보여줘. 바다표범 비계도 배 터지게 먹여
주고, 임질에도 걸리게 해주면서 여행객들이 낸 돈은 거
기 가서 회수하도록 해. 여긴 부자들이 재밌어할 만한
게 아무것도 없어.”

올슨이 매스 매슨을 째려보았다. "여행객들을 전부
다 여기에 내리겠다는 소리가 아니잖아. 너는 두 사람만
책임지면 돼.” 그가 말했다. 그리고 고무장화 굽을 돌려
보트로 달려갔다. 육류도매업자 옥슨크로네와 그의 아
내를 하선시키기 위해서였다.

그날 오후, 올슨은 비요르켄보르를 향해 닻을 올렸

고, 그곳에서 벌어진 일은 상세히 기술할 만한 것이 없다. 올슨과 여행객들이 비요르켄보르의 주민들에게 푸대접받고 큰 충격을 받았다는 것과, 계획을 변경해 남쪽으로 배를 돌려 한센 왕립 배우와 조카딸을 게스 그레이브에 내려줬다는 것 외에는 말이다. 이후, 베슬 마리호는 샤를르 C를 태우고 로스만으로 향했다. 그리고 주식중개인인 엑셀센과 노부 토르발을 태우고 핌불을 향해 길을 나섰다.

베슬 마리호가 피오르 너머로 사라진 지 불과 몇 시간 만에, 매스 매슨은 육류도매업자로 인해 기분이 몹시 언짢아졌다. 옥슨크로네는 주인처럼 행세하며 사냥꾼들이 잡담을 나누는 벤치를 독차지했다. 아내가 빌리암의 도움을 받아 짐 가방을 집으로 옮겨놓는 동안, 뒤룩뒤룩 살찐 커다란 면상에 밀짚모자를 눌러쓰고 늘어지게 잠만 잤다.

"항해하느라 피곤해서 그래요. 늘 그랬죠." 옥슨크로네의 아내가 남편을 두둔했다. 시아주버니가 오덴세에서 말고기 가게를 운영하는데, 거기 갈 때도 그랬어요. 스토레벨트해협을 건너고 몇 시간 동안 잠만 잤거든요." 옥슨크로네의 아내 이름은 제르다였다. 그녀는 무거운 가방을 내려놓고 이마의 땀을 닦았다. "그런데 우리가 잘 곳은 어디지요?" 제르다가 물었다.

빌리암은 침대 두 개를 가리켰다.

"매스 매슨과 나는 텐트에서 잘게요." 그가 말했다. "그게 서로 편할 거예요."

제르다는 주변을 둘러보았다. "어머, 정말 재미있겠어요." 밖에서 잠든 남편이 깰까 봐 그녀가 최대한 작은 소리로 말했다. "꼭 클론다이크*에 온 것 같네요, 그렇죠? 거기서 금을 찾는 사람들이 나오는 영화를 본 적 있어요. 모두 당신들 같았죠."

빌리암이 난처한 듯 숱이 많은 검은색 머리카락을 손가락으로 쓸어 올렸다. 그는 클론다이크에서 금을 찾는 사람들을 본 적이 없었다. 그래서 무슨 말을 해야 할지 몰랐다. "하, 하, 우린 그냥 사냥꾼이에요." 그가 말했다. "오리와 바다표범 같은 시시한 것들만 잡는."

매스 매슨이 텐트 말뚝을 땅에 박는 소리가 들려왔다. 빌리암은 그 소리를 듣고 동료의 심기가 매우 불편하다

———

* 캐나다 북서단의 유콘주에 있는 지방으로 1896년 클론다이크강 지류의 보난자 계곡에서 사금이 발견되어 이 지방에 골드러시를 몰고 왔다.

는 사실을 알았다. 이어 투박한 고함 소리가 들려왔다.

"젠장, 조용히 해, 이 바보 자식아! 내가 잠자는 게 안 보여?"

제르다는 밖으로 나가 매스 매슨에게로 달려갔다. 빌리암은 창문 밖으로 그녀가 망치를 휘두르는 동료의 팔을 잡고 한 손가락을 입술에 올려놓는 모습을 보았다. 매스 매슨은 어깨를 들썩이며 망치를 내려놓았다. 그리곤 무거운 발걸음으로 집 뒤로 걸어가 벽에 등을 기대고 앉았다. 빌리암이 동료 곁으로 다가갔다.

"이건 아닌 것 같아." 매스 매슨이 조용히 말했다. 빌리암이 담배쌈지를 건네자 그가 천천히 파이프에 담배를 채웠다.

"그래도 여자는 착해 보이잖아." 빌리암이 말했다.

"응, 그런 것 같아. 하지만 저 개자식은?" 매스 매슨이 파이프를 입에 물고 거칠게 한마디 내뱉었다. 그리고는 다시금 부드러운 목소리로 불길한 예언을 했다. "빌리암, 내가 장담하는데, 조만간 돌이킬 수 없는 일이 일어날 거야."

옥슨크로네 육류도매업자는 올슨이 본 대로 아내를 윽박지르기만 하는 상스럽고 심술궂은 사내였다. 그는 아내를 꾸짖고, 괴롭히고, 쉼 없이 명령했다. 그때마다 제르다는 겁에 질린 암탉처럼 남편에게 쪼르르 달려갔고, 여자를 존경하는 매스 매슨은 그때마다 마음이 아팠다. 제일 견디기 힘든 점은 교활한 육류도매업자가 다른 사람들 앞에서 아내를 모독하고 무시하는 것이었다. 매스 매슨은 그때마다 바지 주머니 안에 주먹을 감추고 파이프 끝이 으스러지도록 이를 악물었다.

그러던 어느 저녁, 결국 사달이 나고야 말았다. 옥슨크로네가 제르다의 의치를 빼게 한 것이다. 빌리암에게 300크로네에 달하는 인공치아를 자랑하기 위해서였다. 번쩍이는 인공치아를 앞에 두고 빌리암은 어쩔 줄 몰라 했다. 그는 입이 쪼글쪼글하게 오그라들고 갑자기 늙어버린 제르다의 불행한 얼굴을 차마 볼 수 없었다. 매스 매슨은 자기 손에 건네진 치아 보조 장치를 쳐다보지도 않고 원래의 주인에게 돌려주었다.

"옥슨크로네." 매스 매슨이 이상하리만치 부드러운 음성으로 말했다. "남자들끼리 피오르를 한 바퀴 둘러보면 어떨까?" 그가 미소 지으며 눈을 찡긋거렸다. "딱 우리 셋이서."

도매상인은 제르다를 가리켰다. "여기 이건 어쩌고?" 그가 물었다.

"부인은 집에 있으라고 해. 여자는 그런 모험을 하라고 만들어진 물건이 아니잖아, 안 그래? 우리가 하려는 건 일요일에나 하는 산책 나부랭이가 아니야. 무슨 소린지 알겠어?"

옥슨크로네가 느끼한 미소를 지었다. "남자들만 가자는 거지? 그래, 좋아." 그가 매스 매슨과 빌리암에게 외설적인 윙크를 날려 보냈다. 그사이 둘은 말고기 상인이 무슨 상상을 하는지 속으로 물었다.

매스 매슨이 한숨을 쉬었다. 그가 말했다. "내일 아침 일찍 보트를 타고 행군을 시작할 거야. 기대해. 어쩌면 당신도 귀여운 곰을 한 마리 잡을 수 있을지 모르니까. 그걸 당신네가 사는 동네로 가져가서 일터에 진열한다고 상상해봐, 어때, 정말 굉장하지 않아?"

"빌어먹을, 그것참 괜찮은데! 피오르에 가면 정말 곰이 있어?

"우글우글해." 빌리암이 재빨리 비위를 맞췄다. 이 계절이면 곰들이 야생 열매를 따 먹으려고 전부 피오르 깊숙이 들어오거든. 산허리마다 월귤이 테니스공처럼 커다랗게 열려."

제르다는 걱정스러운 얼굴로 남편을 바라보았다. 매스 매슨의 제안에는 무언가 다른 의도가 숨어 있는 듯했다. "나도 가고 싶어. 안 돼?" 그녀가 애원했다.

"염병할, 그건 안 돼! 여자는 안 된다는 말을 너도 들었잖아. 착한 여자는 집에 있어야 해. 그래야 주인 나리가 돌아왔을 때 한결 나긋나긋하게 굴지." 옥슨크로네가 손뼉을 치며 웃음을 터뜨렸다.

출발할 때는 아침 시간이 꽤 지난 시각이었다. 제르다는 해변에 서서 힘차게 손을 흔들었다. 매스 매슨은 외로운 작은 여자의 실루엣을 오래도록 바라보며 아내를 대하는 올바른 태도를 가르쳐주고자 했던 자신의 의도가 좋은 결실을 맺게 되길 소망했다.

그들은 먼저 반들반들한 얼음이 하얗게 언 소피아해협을 가로질렀다. 룻의 섬에서 아침을 대충 때우고 곧바로 왕의 보루를 향해 닻을 올릴 예정이었다. 왕의 보루는 사냥꾼들이 가끔 가는 오스카 왕의 피오르에 있었다.

오스카 왕의 피오르는 여러모로 심판을 내리기에 적합한 장소였다. 매스 매슨이 오두막을 나서며 옥슨크로네의 팔을 잡고 조용히 말했다.

"그건 그렇고, 너도 알지? 네가 얼마나 비열하고 줏대 없는 순대 같은 자식인지. 넌 쓰레기야."

말고기 도매상인은 놀란 얼굴로 매스 매슨을 쳐다보았다. 꼬맹이 애송이이던 시절부터 지금까지 그에게 이런 식으로 말한 사람은 없었다.

"뭐야? 겁도 없이 나한테 그런 말을 해, 이 자식이?"

"응, 네 그 뚱뚱한 몸뚱이에 대고 하고 싶었던 말이야. 하지만 교육을 받은 사람으로서 여태 참았지. 왜냐고? 네놈의 아내를 존중해서 톰슨곶에서 멀어질 때까지 기다려야 했거든." 매스 매슨은 아이슬란드 스웨터 소매를 팔꿈치까지 천천히 걷어 올리고 한 발자국 뒤로 물러나 옥슨크로네에게 주먹을 날렸다. 도매상인이 뒤로 나자빠졌다.

"염병, 빌리암, 이러니 좀 낫다!" 매스 매슨이 속이 시원한 듯 소리쳤다.

옥슨크로네는 당혹감에 몸을 일으켰다. 화가 불쑥 치밀어 올랐다. 그는 한동안 간신히 떠지는 한쪽 눈으로 매스 매슨을 노려보았다. 그러더니 괴성을 지르며 매스 매슨에게 덤벼들었다. 하지만 그것은 치명적인 실수였다. 톰슨곶의 기지 대장이 상대가 쓰러져 KO패를 선언할 때까지 친절하게도 체계적인 주먹질로 소임을 다했기 때문이다.

"이쯤 했으면 알아들었겠지. 여기서 몇 주 조용히 찌그러져 있어. 소화할 시간이 필요할 테니까."

사냥꾼들은 보트로 내려가 비상식량이 든 상자와 석

탄 두 자루, 탄약과 낡은 총을 내리고 배에 올라 톰슨곶으로 향했다.

제르다는 놀랍게도 남편이 자기 자신과 삶을 성찰하러 잠시 여행을 떠났다는 말을 듣고 뜨거운 눈물을 흘렸다. 매스 매슨은 그 눈물이 기쁨의 눈물이라고 말했지만, 빌리암은 좀처럼 확신이 서지 않았다.

언제나 그래왔듯 제르다는 운명에 순응했다. 아무도 방해하지 않았고, 조용히 기지 안팎을 드나들며 어린 시절 엄마가 해주던 산토끼 스튜를 만들어 매스 매슨의 마음을 사로잡았다.

제르다는 천생 여자였다. 그녀는 황폐한 집안 환경을 사냥꾼들의 눈이 번쩍 뜨일 정도로 개선했다. 바닥을 문질러 거의 희게 하고, 기름때와 그을음으로 뒤덮인 천장을 청소하고, 북극의 기후 아래 더는 쓸모가 없어진 잔잔한 꽃무늬 면 원피스로 새 커튼을 만들어 달았다.

짧은 시간 안에 제르다는 톰슨곶에서의 삶을 코펜하겐에서의 삶과 같게 만들었다. 일찍 일어나 사냥꾼들에게 아침을 지어주고, 더러운 빨랫감을 강으로 가져가 세탁했다. 집 안을 청소하고, 점심 식사를 준비하고, 다시 집 안을 정돈하고 저녁을 준비했다. 하루의 마지막 식사가 끝나면 밖에 나가 자리를 잡고 앉아, 꽤 오랜 시간 의

사와 간호사를 주인공으로 한 소설에 빠져들었다. 그녀의 눈에는 빌리암도, 매스 매슨도, 자정의 태양도, 천천히 바다 위를 표류하는 거대한 빙산도 들어오지 않았다. 하지만 그녀가 감지하지 못하는 사이에도 시간은 흘러갔고 어느 아름다운 여름밤, 마침내 베슬 마리호가 기지 앞에 얼굴을 내밀었다. 제르다는 그 즉시, 읽고 있던 책을 덮고 집으로 들어가 짐을 싸기 시작했다.

올슨 선장은 매스 매슨이 왕의 보루에 말고기 도매상인을 갖다 버렸다는 소식을 듣고 뇌졸중을 일으킬 뻔했다. 그 가여운 사내가 귀국편 뱃삯을 이미 선급해서 올슨은 무슨 일이 있더라도 그를 데리러 가야 했다. 옥슨크로네가 어떻게 변했는지 몹시 궁금했던 두 사냥꾼은 베슬 마리호의 항적을 따라 오스카 왕의 피오르에 진입했다.

피오르 입구에 도착하자 옥슨크로네의 모습이 보였다. 그는 거무튀튀한 팬티만 걸치고 오두막 앞을 서성이고 있었다. 육지에 내려 오두막으로 향하던 매스 매슨과 빌리암은 박공 위에 널린 어마어마하게 큰 곰을 발견하고 대경실색했다. 옥슨크로네가 그들을 향해 달려왔다.

"이렇게 엄청난 놈은 처음일 거다. 그렇지? 녀석을 내가 일하는 곳으로 가져가야겠어. 그러려면 지금 당장 저 귀여운 놈을 박공널에서 끌어 내려야 할 거야." 그가 사냥꾼들의 머리 위로 요트를 내리기 시작한 베슬 마리호를 힐끔거렸다.

"나의 메가이라는 어디에 있지?" 그가 물었다.

"당신 아내도 같이 왔어." 빌리암이 대답했다. "곧 요트와 함께 내릴 거야."

말고기 상인이 매스 매슨에게 경쾌하게 윙크했다.

"매스 매슨, 네 말이 맞았어. 집 뒤에서 곰을 발견하고 나팔총으로 쏘니까 그대로 뒈지더라." 그가 만족감에 고개를 끄덕였다. "네 말대로 월귤도 많더군. 총알이 좀 부족하긴 했지만." 그가 때가 찌들어 번들번들 광이 나는 팬티에 오른손을 문질렀다.

"그런데 나와 제르다의 일은 네가 상관할 바가 아니야. 우린 우리 나름의 방식으로 사랑해." 육류도매업자가 예고도 없이 매스 매슨의 턱에 주먹을 날렸다. 매스 매슨은 눈알을 굴리며 쓰러졌다. 팔이 꼬이고 입에서는 신음이 흘러나왔다. 멀리서 옥슨크로네의 고함이 들렸다.

"제르다, 얼른 와서 곰을 끌어 내려! 이 뚱뚱한 암소야, 얼른 뛰어오라니까! 젠장, 언제까지 그렇게 꾸물거릴래?”

매스 매슨은 머리를 흔들었다. 그는 빌리암의 도움으로 간신히 몸을 일으키고, 제르다가 달려와 무거운 가죽을 끌어 내리는 모습을 지켜보았다. 옥슨크로네는 아내 말고도 선원들에게까지 고함치며 명령했다.

매스 매슨은 빌리암에게 몸을 기댔다. “이게 뭔 일이래. 화주를 반병은 마신 것 같아. 빌리암, 그러니까 저 작자를 변화시키겠다는 우리의 계획이 무산된 거지?”

멀리서 악질 브로커의 목소리가 들려왔다.

“젠장, 그동안 얼마나 게으름을 피웠으면 그렇게 엉덩이가 무거워졌어? 빨리 오라니까!”

“여보, 가고 있어.” 제르다가 숨을 가쁘게 몰아쉬며 소리쳤다. 그러고는 매스 매슨과 빌리암을 못 본 척하고, 남편에게로 달려갔다.

매스 매슨은 그제야 정신이 번쩍 들었다. 그가 이마를 치며 말했다.

“빌리암, 난 여자들이 정말 이해 안 돼. 저 화상들은 대체 뭐지?”

빌리암은 대답하지 않았다. 그 역시 남쪽 곶으로 수피아를 만나러 갈 때마다 늘 이해되지 않는 많은 일로 머리가 복잡했던 탓이었다.

위험한 여행

—

한번 한 약속은 반드시 지키는 비요
르켄과 피오르두르의 슬픔, 그리고
스무 병의 술로 확인된 검은 머리 빌
리암의 이타심

그해 검은 머리 빌리암은 여느 해보다 일찍 남쪽으로
여행을 떠났다. 그는 오래도록 기지를 비웠다. 그리고 모
두를 놀라게 하며 곳간 문처럼 큼지막한 새 썰매를 타
고, 떠날 때보다 두 배나 많은 개를 몰고 여행에서 돌아
왔다.

벌써 3월 초하루였다. 그는 매스 매슨의 거듭된 충고를
무시하고 썰매에 짐을 싣고, 개들을 연결하고, 멀어졌다.

매서운 추위에도 빌리암이 피오르두르가 사는 하우
나로 걸음을 옮긴 것은, 언제고 죽을 수밖에 없는 인간

의 운명에 맞선 일종의 치유 행위였다. 매스 매슨이 담배와 술을 이용해 성욕을 자제하는 것이나 밸프레드가 성적 충동이 소멸할 때까지 잠을 자는 것처럼, 죽음이라는 같은 목적지로 향하는 운명 공동체의 일원으로 그가 내린 최선의 결정이었다.

검은 머리 빌리암은 짐이 상당히 많았다. 긴 여행에 대비해 어포와 돼지가죽, 턱수염 바다표범의 옆구리 살을 개 먹이로 준비했고, 역청을 입힌 두루마리 마분지 여덟 개와 피오르두르에게 전할 못 한 상자, 어떤 한파도 이겨낼 비요르켄보르산 독주 스무 병을 썰매에 실었다. 술은 비요르켄이 화폐값으로 해외 상관에 지급할 일종의 화폐이자, 감사의 마음을 담은 선물이었다.

그 기간 내내 그는 사방에서 녹아내리는 눈 더미 때문에 신경이 날카로웠다. 덫처럼 개들의 발을 묶는 여러 난관도 무척 고됐다.

저 멀리 마리아의 섬이 바람을 뚫고 시야에 들어왔다. 인간의 한계를 뛰어넘은 엄청난 양의 눈가루가 빌리암의 귀를 후려쳤다. 바람은 폭풍으로 변했고, 3월 초의 끔찍한 폭풍이 시작되었다. 빌리암은 서둘러 썰매의 기수를 연안으로 돌리고 개들을 풀어주었다. 그리고 썰매로 올라가 침낭으로 몸을 감쌌다. 은신처에 몸을 피하자마자 소용돌이치는 눈보라가 그를 뒤덮었다.

빌리암은 꼬박 이틀을 썰매에 머물렀다. 시장기가 느껴지면 만일을 대비해 준비해온 블랙 초콜릿을 갉아 먹고, 바다표범 가죽을 칼로 잘라 씹으며 허기를 채웠다. 먹고, 잠시 눈을 붙이고, 바람의 다양한 음정에 귀 기울이며 그는 생각하지 않으려 노력했다. 폭설에 발이 묶여 오가지 못할 때 할 수 있는 최선의 행동이었다.

폭풍이 잦아들었다. 폭풍은 시작될 때와 마찬가지로 순식간에 하늘에 낀 구름을 거둬내고, 온 세상에 따뜻한 햇볕을 뿌렸다. 사방이 고요해졌다. 빌리암은 삽을 들고 뻐근한 팔다리를 움직여 썰매 밖으로 길을 냈다. 눈에 파묻혀서 뜨거운 팬 위의 팝콘처럼 하얗게 부푼 개들은 털에 묻은 눈을 털어내려 몸을 흔들었다. 그리고 먹을 것을 찾기 시작했다. 빌리암은 개들에게 어포를 먹이고, 배불리 먹은 개들을 썰매에 연결했다. 이어 남쪽을 향해 다시 걸음을 재촉했다.

바람이 눈을 마룻바닥처럼 단단하게 다져놓아서 빌리암은 어려움 없이 전진했다. 엘라섬과 해안의 진주를 지난 뒤에는 엘리자베스곶으로 방향을 틀었다. 엘리자베스곶은 돈 스벤슨과 해골, 아서를 기리는 기념비적인 곳이었다. 개들이 기술상의 조업 정지를 마치고 활력이

넘친 덕분에 그는 오스카 왕의 피오르를 거쳐 평소보다 두 배 빠른 속도로 왕의 보루에 도착했다. 날은 추웠고, 이미 상당한 거리를 이동한 뒤였기에, 빌리암은 하우나로 가는 걸음을 잠시 늦추기로 했다.

깊은 밤, 마침내 하우나의 오두막이 보이기 시작했다. 노란 불빛이 대지를 따뜻하게 감싸고 있었다. 빌리암은 개들을 재촉했다. 곧 집에 들어갈 수 있다고 생각하니 마음이 몹시 설렜다.

빌리암이 오두막 앞에 썰매를 세우자 피오르두르가 뜨고 있던 아노락 주머니를 내려놓고 밖으로 나갔다. 빌리암은 썰매에서 내려와 개들이 먹지 못하도록 정성껏 채찍을 감고 썰매 자루 안에 넣었다. 이어 짐 더미에서 스키를 꺼내 눈 속에 단단히 찔러 박고, 스키 두 자루에 개 줄을 묶었다.

피오르두르는 벗의 방문에 행복했다. 그가 말없이 빌리암을 도와 개들을 목줄에 연결했다.

빌리암도 말이 없기는 마찬가지였다. 할 말도 별로 없었고, 친구 간에 괜한 말을 낭비할 필요도 없었다.

사냥꾼 둘은 개들을 배불리 먹이고 집 안으로 들어갔다. 빌리암은 카미크를 벗고 피오르두르가 화덕 가까이 보관한 등나무 실내화에 꽁꽁 언 발을 집어넣었다. 피오르두르가 집주인으로서 손님에게 그 정도 친절은 베풀어야 한다며 내준 것이었다. 그가 돼지비계를 넣어 쑨 팥죽을 커다란 접시에 담아 손님 앞에 내놓고 말했다.

"그래, 봄이 왔구나." 그는 몇 월인지는 정확히 몰랐지만, 빌리암이 매년 봄 남쪽 곳으로 여행을 떠나는 후천성 면역질환을 앓는다는 사실은 알았다.

빌리암은 고개를 끄덕이며 팥죽을 한 수저 가득 떠서 입에 넣었다. 피오르두르가 3월도 봄이라고 생각한다면, 그것은 그의 문제이지 자기가 상관할 바는 아니었다. 게다가 피오르두르는 아이슬란드인이었다. 어쩌면 그 작은 화산섬에서는 스칸디나비아의 다른 지역들과 다르게 연 편성을 하는지도 몰랐다.

"그래도 아직은 날씨가 꽤 쌀쌀해." 피오르두르가 분위기를 띄우려고 한마디 덧붙였다.

빌리암은 또다시 고개를 끄덕였다. 피오르두르가 튼튼한 어른의 허벅지를 물어뜯는 강추위를 두고 꽤 쌀쌀한 날씨라고 표현했지만, 이것도 단순히 언어적 차이에서 비롯된 것일지 몰랐다.

예의상 할 말이 떨어지자 피오르두르는 침묵을 지켰다. 이에 빌리암도 침묵으로 대답했다. 피오르두르가 안도의 한숨을 내쉬며 뜨개질감을 다시 꺼내 들었다. 한동안 바늘이 부딪치는 소리와 빌리암이 음식을 씹는 소리 외에는 아무 소리도 들리지 않았다.

빌리암은 평화로운 저녁이라고 생각했다. 피오르두르도 그렇게 느꼈다. 식사가 끝나자 피오르두르는 검은 죽음에 커피를 희석했다. 그리고 혼합물을 넉 잔째 마시고 수다스러워졌다. 장시간 홀로 지내며 혀를 놀릴 일이 없던 그에게 생각을 소리로 변환시킬 의향이 생긴 것이다. 피오르두르는 건조대에서 마르고 있던 빌리암의 카미크로 시선을 돌렸다. 화덕 똬리쇠 위로 물방울이 떨어지고 있었다.

"거길 대패질할 시간이 된 거야. 그래서 치료차 여행을 나선 거지?" 피오르두르가 정중하게 물었다.

빌리암은 놀란 눈으로 피오르두르를 쳐다보았다. 지나치게 직설적인 표현이었기 때문이다. 저 자식이 왜 저래? 빌리암은 명쾌한 답변을 찾아 오랫동안 고민했다.

"응, 대패질도 하고, 다른 일도 하려고."

"다른 일?"

"총."

빌리암이 간결하게 대답했다. 그는 비요르켄이 라스릴에게 화포를 구해주겠다고 약속한 사실을 피오르두르도 카미크 우편을 통해 이미 안다고 추측했다.

피오르두르가 너털웃음을 지었다. "하, 하, 총이라고? 그게 무슨 말이야? 좀 더 자세히 얘기해봐."

빌리암이 건성으로 대답했다.

"화포. 내가 여행을 시작한 건 비요르켄에게 가져다줄 화포를 구하기 위해서야. 그래서 해외 상관에 가야 해."

"아, 그렇구나." 피오르두르가 의아한 표정으로 방문객을 바라보았다. "화포 얘기였어. 화포를 하나 갖고 있으면 좋을 것 같긴 해."

"글쎄, 뭐가 좋은지는 나도 잘 모르겠어." 빌리암이 대답했다. "하지만 약속한 거라서 비요르켄도 어쩔 수 없었을 거야. 한번 한 약속은 꼭 지켜야 직성이 풀리는 인간이잖아. 총은 아마 올슨 선장이 올 때 사용하려는 것 같아."

"올슨과 비요르켄이 싸웠어?"

"내가 알기론 아니야."

"아, 그래." 피오르두르가 다시 뜨개질을 하기 시작했다. 총에 관해 더 할 말이 있다면, 언제고 다시 그 주제로 빌리암이 이야기를 꺼낼 터였다. 피오르두르는 따뜻한 눈길로 빌리암을 바라보았다. 곁에 친구가 있으니 행복했다.

그들은 침묵을 벗 삼아 남은 저녁 시간을 보냈다. 잠자리에 든 뒤, 피오르두르는 생각을 바꾸어 빌리암이 처음으로 여행을 하게 된 계기를 떠올렸다. 그러자 알 수 없는 흥분감이 온몸을 휘감았다. 그가 램프를 끄고, 기어드는 목소리로 빌리암에게 잘 자라고 인사했다.

"방금 뭐라고 그랬어?" 빌리암이 반수 상태로 물었다.

"잘 자라고 했어."

빌리암은 당혹감에 눈을 커다랗게 떴다. 그리고 한동안 생각에 잠겨 있다가 무뚝뚝한 어조로 대답했다.

"어, 잘 잘게."

피오르두르는 잠이 오지 않았다. 그래서 그는 아래층 침대에 누운 채, 빌리암의 여행 목적을 생각하며 한동안 몸을 뒤척였다. 먼저 총 이야기가 떠올랐다. 비요르켄이 화포를 비요르켄보르에 들이고 싶어 하는 데에는 필시 다른 저의가 있는 듯했다. 비요르켄은 분명 장전한 총을 라스릴에게 맡긴다고 했다. 그런데 왜 하필이면 환영식에 축포가 필요할까? 아무리 생각해도 이상했다. 환영식은 덴마크 국기를 게양하거나 허공에 대고 사격만 해도 충분했다. 그런데 군이 화포를 들여와 라스릴에게 맡긴다니! 미심쩍은 구석이 한두 군데가 아니었다. 특별한 경우를 제외하고, 라스릴에게 총을 맡길 사람은 연안에 없었다.

생각이 총에서 검은 머리 빌리암의 남쪽 곶 방문의 주

목적으로 넘어가자 피오르두르는 허리춤에 달콤한 경련이 일며 허드슨만에서 침대와 식탁을 공유한 페투아가 떠올랐다. 잠시 사용 권리를 소유했었지만, 한 번도 본 적 없는 여자인 엠마도 생각났다. 이런저런 생각으로 몇 시간이 지나갔다. 피오르두르는 자리에서 일어나 램프에 불을 붙이고 뜨개질을 시작했다. 그리고 동이 트기 직전, 빌리암과 함께 남쪽으로 여행을 떠나기로 마음먹었다.

북극의 3월은 날이 무척 찼다. 비교적 기후가 온화한 남쪽을 향해 걷는 길도 혹한으로부터 자유롭지는 못했다. 사나운 바람이 썰매를 모는 피오르두르와 빌리암의 꽁꽁 언 얼굴을 물어뜯었다. 사냥꾼들은 폐의 상부가 얼지 않도록 털 달린 아노락 모자 속에 코를 묻고 자신의 숨결로 공기를 덥혔다.

빌리암의 뜻에 따라 그들은 먼저 남쪽 곶에 들르기로 했다. 해외 상관에서 새로운 인연을 만날 수도 있었지만, 빌리암이 약혼녀 수피아를 보고 가야겠다고 고집을 부린 까닭이었다. 피오르두르는 반대하지 않았다. 곧바로 해외 상관으로 가든, 남쪽 곶을 거쳐 가든 상관없었다. 그는 기대감에 부풀어 여행에 집중했다.

낮게 뜬 태양은 따뜻함과는 거리가 멀었다. 새파란 하늘 아래로 두 사람이 모는 썰매가 앞으로 나아갔다. 오스카 왕의 피오르에 도착하자, 이가 딱딱 맞부딪치며 숨을 쉴 때마다 양모 스웨터와 피부 사이에 낀 얼음이 깨져 떨어지는 소리가 들렸다. 피오르두르와 빌리암은 최대한 빨리 목적지에 이르기 위해 썰매 위에서 새우잠을 청하고, 극소량의 음식으로 허기를 채웠다. 마침내 집 네 채가 옹기종기 모인 촌락이 시야에 들어왔다. 감동한 그들은 얼어붙은 강으로 한달음에 달려가 물을 끓이고 차를 우렸다.

사냥꾼들은 보온 물통을 두 손으로 감싸고 눈앞에 펼쳐진 장관을 감상했다.

"이곳을 보면," 빌리암이 말했다. "여행을 떠나오지 않는 사람은 아마 없을 거야."

피오르두르가 고개를 끄덕였다. 남쪽 곳은 처음이었지만 집들과 울타리에 널린 고기, 개들과 사람들이 오가는 모습을 보고 그는 여행의 필요성을 체감했다. 허리춤에 살짝 경련이 일며 윙윙대는 파리 떼처럼 하체가 들썩였다. 떨리는 목소리로 그가 말했다.

"빌리암, 너무 아름다워! 염병, 하늘 아래 이곳보다 더 아름다운 곳이 또 있을까?"

빌리암은 사교계 인사였다. 그는 피오르두르의 말이 정확히 어떤 의미인지 알았다. 그린란드 북동부에서 다년간 고독과 싸우며 지내다가 처음으로 남쪽 곳을 방문한 이들은 언제나 경탄을 금치 못했다. 눈에 보이는 모든 것이 경이롭게 느껴지기 때문이었다.

사냥꾼들은 한참 동안 꼼짝하지 않았다. 차가 식었지만, 누구도 개의치 않았다. 두 사람 모두 몽상에 잠겨 영혼을 배불리 먹이는 일에 열중했다. 그들이 호화로운 꿈에서 깨어난 것은 피오르두르의 우두머리 개가 빌리암의 암캐에게 달려들었을 때였다. 두 사람은 체온이 급격하게 떨어져 하마터면 동사할 위기에 처한 뒤에야 정신을 차리고 개들을 떨어뜨렸다. 그리고 엉킨 목줄을 풀고 남은 몇 킬로미터를 엄청난 속도로 달려서 피오르로부터 멀어졌다.

두 사냥꾼은 밝고 친절한 주민들로부터 열정적인 환영을 받았다. 집집이 사람들이 쏟아져 나왔다. 모두 서른두 명이었다. 그린란드 북동부 주민의 두 배나 되는 인원이었다. 빌리암은 거리낌 없이 군중 속을 파고들었다. 그는 남자들의 손을 잡고 여자들을 껴안았다. 젊건 늙건 같았다. 상점이 문을 연 다음에는 아이들에게 줄

사탕과 건포도를 사고, 늙은 여자들과 젊은 여자들을 위해서는 어포를, 남자들을 위해서는 담배를 샀다.

피오르두르는 썰매에 앉아 놀라운 눈으로 그 모습을 구경했다. 사방이 떠들썩했다. 그런데 갑자기 남쪽 곶 주민들의 언어가 귀에 들어오기 시작했다. 그는 너무도 놀라 하마터면 썰매에서 떨어질 뻔했다. 남쪽 곶에서 사용하는 언어는 허드슨만에서 에스키모와 대화를 나눌 때 쓰던 언어와 비슷했다.

새로운 발견에 몹시 즐거워진 피오르두르가 환하게 웃으며 노인의 소매를 잡았다. 그가 말했다.

"카녹 이피트?"

노인이 놀라 피오르두르를 쳐다보았다. 입에서 담배를 떨어뜨리며 그가 소리쳤다. "이 남자가 이누이트*처럼 말해! 모두 들어봐, 이누이트 말을 한다니까!"

피오르두르가 웃었다. "젊었을 때 이누이트 말을 몇 마디 배운 것뿐이에요." 그가 겸연쩍게 말했다. "그렇게 놀랄 건 없어요."

———

* 에스키모라는 명칭은 캐나다 크리 인디언 부족이 '날고기를 먹는 인간'이라는 뜻으로 붙인 것으로, 에스키모들은 그들 스스로를 '인간'이라는 뜻의 이누이트라고 부른다.

노인은 더 놀랐다. 흥분한 그가 대기 중으로 담배를 휘두르며 부족민들에게 소리쳤다.

"와서 들어봐! 이 카블루나*가 하는 말을 와서 들어봐!"

피오르두르는 사람들에 둘러싸였다. 이누이트의 말을 하는 카블루나는 위험한 존재가 아니었기에, 아이들도 썰매로 올라와 피오르두르에게 매달렸다. 호기심에 찬 얼굴로 늙은 여자들이 피오르두르의 곱실거리는 금발을 매만졌다. 여자들은 수줍게 웃었고, 남자들은 또다시 악수를 청했다. 모두의 관심이 피오르두르에게 집중되었지만, 빌리암은 시기하지 않았다. 그는 이미 상점의 창고로 들어가 밀가루 포대 더미 뒤에서 약혼녀와 회포를 풀고 있었다.

늙은 여자들은 서슴없이 궁금한 것을 물었다. 그녀들은 처녀처럼 수줍어하거나, 전통적인 남자들처럼 감정을 억누를 필요가 없었다. 피오르두르는 쏟아지는 질문에 개구쟁이 에스키모 소년처럼 귀엽게 웃으며 수다를 떨었고, 남쪽 곶 주민들은 그린란드인이 하는 말에 가

---

* 백인, 이누이트가 아닌 사람, 유럽인을 뜻하는 캐나다 북극 이누이트의 언어.

만히 귀를 기울였다. 어린아이들은 저마다 재미있다는 듯 킥킥대며 웃었고, 성인 남자들은 근엄한 얼굴로 아노락 모자 속에 얼굴을 파묻고 슬그머니 미소 지었다.

모두 피오르두르가 썰매에서 소지품을 내리는 일을 도왔다. 남은 일손들은 자진해서 피오르두르의 개들을 풀어주고, 먹이를 주었다. 피오르두르는 이자야스의 집에 묵었다. 이자야스는 산과 아게이트의 남편으로 구면이었고, 아게이트는 몇 해 전, 아랫도리를 침범한 짓궂은 질환에 고생하는 중위를 치료해준 여자였다.

이자야스의 집에는 부족의 4분의 1에 해당하는 사람이 살았다. 이자야스의 형제와 사촌 한 명, 아게이트의 노모, 그리고 피오르두르가 한정된 시간 내에 혈연관계를 알아내지 못한 다른 많은 아이가 있었다. 이자야스의 가족들은 방문객을 위해 화덕에서 가장 가까운 푹신한 침대를 내주었다. 평소 아게이트의 여동생과 이자야스의 사촌이 사용하던 침대였다.

고기가 삶아지고 식사가 진행되는 동안, 세월과 함께 묻혀 있던 에스키모 언어가 하나둘 떠올랐다. 피오르두르는 먼저 허드슨만에서 다년간 살며 겪은 일에 관해 말했다. 이미아크와 오래된 칼스버그, 여우 오줌 맛이 나는 그린란드 맥주를 상당량 들이켠 뒤에는, 인디언 아내 페투아에 관해 고백했다. 그 이야기는 청중을 깊이 감동시켰다. 충격적이면서도 감동적이고, 슬프기까지 한 피오르두르의 사랑 이야기에 여자들은 감동해 코를 훌쩍였고, 피오르두르가 페투아의 살해범들을 목 졸라 죽이는 장면을 묘사할 때는 남자들이 으르렁거리며 육류용 칼을 높이 휘둘렀다.

아게이트의 아버지 요스바는 한껏 거드름을 피우며 고개를 끄덕였다. 그러고는 나지막한 목소리로 말했다. "악인을 죽이기엔 더없이 좋은 방법이지. 나쁜 영혼이 어디로도 도망갈 수 없게 몸에 구멍 하나 내지 않으니까."

그날 밤, 이자야스의 가족들은 침대에 앉아 바다표범 뼈를 들고 골수를 흡입하는 커다란 아이슬란드인을 존경하느라 각자 짚을 넣은 매트로 복귀하는 데 상당한 어려움을 겪었다.

모두 잠자리에 들자, 처녀들 사이에서 불꽃이 튀었다. 여자들은 피오르두르가 빌리암과 비슷한 일을 할 것으로 생각했다.

피오르두르는 행복한 얼굴로 누워 평상시처럼 사향소 가죽을 덮고 바닥에 누운 주민들을 둘러보았다. 가장 가까이에는 아게이트의 여동생이 있었는데, 무척 귀여웠다. 땅딸막한 키에 살집이 단단했고, 얼굴이 보름달처럼 둥글었으며 반짝이는 눈동자로 늘 생글생글 웃었다.
이자야스의 사촌인 페트린느는 그녀와 정반대였다. 몸
매가 호리호리하고 유연했으며, 광대뼈가 돌출한 얼굴
이 무척 예뻤고, 눈빛은 신중하고 날카로웠다. 미소 또
한 구름 사이에서 갑자기 나타나는 여름 태양처럼 눈부
셨다.

피오르두르는 눈을 감았다. 그러자 눈꺼풀 안으로
페투아의 얼굴이 나타났다. 그런데 페투아의 얼굴이 페
트린느의 얼굴과 겹치며 하나로 뒤섞이기 시작했다. 피
오르두르는 당황해 눈을 동그랗게 뜨고 몸을 일으켰
다. 그러고는 혼란스러운 마음으로 주위를 두리번거렸
다. 페트린느는 일어나 앉아 있었다. 그녀가 고개를 돌
리자 두 사람의 시선이 교차했다. 순간, 피오르두르의
곱실거리는 금빛 머리카락이 일제히 곤두섰다. 피오르
두르는 비명을 지르며 침대 밖으로 뛰쳐나가 페트린느
를 업고 밖으로 나갔다. 그러고는 쉬고 있던 개들에게
한달음에 달려가 여자를 썰매에 태우고, 채찍을 휘둘러
밤의 어둠 속으로 사라졌다.

피오르두르와 페트린느는 썰매 자루에서 옷을 꺼내
나눠 입었다. 썰매는 멀리 거위섬에 이르러서야 멈췄다.
피오르두르는 텐트를 세우고 바닥에 여행용 모피를 깐

뒤, 페트린느를 안으로 데려갔다.

두 사람은 짐승의 따뜻한 털가죽 위에 몸을 눕히고 서로의 눈을 응시했다. 피오르두르는 양손으로 페트린느의 머리를 감싸고, 자그마한 여자의 귀에 대고 다정한 말을 속삭였다. 되찾은 사랑의 기쁨에 취해 그는 자기가 애서배스카* 인디언 언어로 지껄인다는 사실도 깨닫지 못했다. 페트린느로서는 이해할 수 없는 말들이었다. 하지만 페트린느는 훌륭한 교육을 받고 자란 여자로 아무것도 묻지 않았다. 카블루나가 미지의 언어로 말을 하고 싶다면, 그것은 어디까지나 그의 문제였다. 게다가 어감이 무척 아름다웠다. 피오르두르가 말을 마치자 그녀가 다정한 어조로 말했다.

"미안해요. 한마디도 알아듣지 못했어요."

가슴속에 아직 하고 싶은 말이 많이 남아 있던 피오르두르는 그제야 자신의 실수를 눈치챘다. 피오르두르는 등을 바닥에 대고 누워 텐트 천장에 시선을 고정했다. 페트린느는 피오르두르의 눈치를 살피며 허벅지 부근까지 손을 내려 사내의 손을 더듬었다. 작고 가느다

———

* 캐나다 알래스카 등 북미 북서부의 인디언.

란 손가락이 피오르두르의 손가락 사이를 비집고 들어왔다.

그 후, 우주가 탄생한 이래로 언제나 있어왔던 일들이 두 사람 사이에 일어났다. 낡은 것이기는 했지만, 새롭고 경이로우며, 유일한 것이기도 했다. 피오르두르는 이튿날 아침이 오기 전에 페트린느와 약혼했다.

피오르두르에게 약혼이란 빌리암이 해마다 치르는 연례행사와는 비교도 되지 않는 진지한 것이었다. 그의 가슴이 성욕에 관한 한 무척 실질적이고 단도직입적인 빌리암과는 다르게 구성되어 있기 때문이었다. 피오르두르의 가슴 가장 깊은 곳에는 페투아만이 아는 섬세하고 예민한 영혼이 살았다. 그런데 페트린느로 인해 그 잠자는 숲속의 공주가 수년간의 잠에서 깨어났다. 옆으로 누워 한 손으로 머리를 받친 채, 피오르두르는 눈앞의 여인을 바라보았다. 그녀는 마치 페투아의 분신 같았다. 페투아와 완전히 다른 세상에서 살았고, 성격도 달랐으며, 다른 언어를 사용했지만, 닮은 점이 무척 많았다. 그랬다. 페트린느는 페투아가 아니었지만, 누구보다도 그가 잘 알고 다년간 사랑한 여자였으며, 수많은 강간범을 죽이게 한 여자였다.

"페투아." 그가 다정하게 속삭였다.

그녀는 미소를 지으며 고개를 저었다. 피오르두르가 그토록 좋아하던 야생의 미소였다.

"내 이름은 페트린느예요." 그녀가 대답했다.

피오르두르는 고개를 끄덕였다. 행복감에 웃으며 페트린느를 가슴 가까이 끌어당겼다. 그러자 페트린느는 페투아가 늘 그랬던 것처럼, 겨드랑이 사이로 편안하게 고개를 파묻었다.

"페트린느." 피오르두르는 시험 삼아 페트린느의 이름을 불러보았다. 뜻밖에도 어렵지 않게 발음할 수 있었다. 수차례에 걸쳐 페트린느의 이름을 되뇌던 찰나, 갑자기 이런 생각이 들었다. 맞아, 이 여자는 페트린느야! 페투아는 죽었어! 이미 오래전에 죽어 땅에 묻혔어! 피오르두르에게 페투아는 필요할 때마다 언제든 꺼내 회상할 수 있고, 추억과 함께 되살아날 수 있는 사랑의 기억이었다. 하지만 지금 눈앞에 있는 여자는 죽어 땅에 묻힌 페투아가 아니라 살아 숨 쉬는 페트린느였다! 피오르두르는 넘치는 기쁨을 느꼈다. 품속 여자가 페투아가 아닌 페트린느이며, 두 여자가 혼동될 정도로 닮기는 했지만, 페투아가 아니고 페트린느라는 사실에 큰 안도감을 느꼈다. 피오르두르가 페투아와 그가 죽인 이들로부터 해방되는 순간이었다. 어쩌면 뜨개질을 그만두게 될지도 몰랐다. 또 어쩌면 페투아를 만나기 이전으로 돌아가, 페투아를 만나지 않은 다른 모든 사람처럼 살아갈 수 있을지도 몰랐다.

"아사라파키트." 그가 말했다. 이누이트의 말로 사랑한다는 뜻이었다.

"우반카탁." 그녀가 속삭였다. 나도 그렇다는 의미였다. 페트린느는 피오르두르의 목을 두 팔로 감쌌다. 그리고 사내의 뺨에 대고 작은 코를 납작하게 눌렀다.

페트린느 납치 사건은 피오르두르에게 특별한 아우라를 부여했다. 카블루나의 이누이트 여자 납치는 전통적으로도 사례를 찾아볼 수 없는 유일무이한 사건이었다. 게다가 페트린느를 훔쳐 간 아이슬란드 사내는 이누이트의 언어와 풍습에 능했다.

빌리암조차 깊이 감동했다. 이런 이유로 빌리암은 이튿날 아침, 마을 주민 대부분과 함께 행복한 커플을 축하하러 거위섬으로 달려갔다.

"거봐, 내가 뭐라고 그랬어?" 빌리암이 오랜 친구의 등을 툭 치고 말했다. "피가 뜨거운 처녀와의 약혼만큼 좋은 건 없다니까! 피오르두르, 축하해. 이제 넌 언제든

원할 때마다 달려와 안을 수 있는 약혼녀가 생겼어.”

피오르두르는 생각에 잠겨 파이프를 비우고는 썰매에 대고 두드렸다.

빌리암이 말을 이었다. “내가 장담하는데, 여자를 만나러 남쪽 곳에 갈 때도 좋지만, 만나고 나서 기지로 돌아갈 때도 기분이 굉장히 좋아. 뭐랄까, 1년간 사용할 연료를 가득 채워 가는 느낌이랄까? 어떤 느낌인지 너도 곧 알게 될 거야.”

피오르두르는 파이프에 신선한 담배를 신중히 채우고 불을 붙였다.

“응, 누군가에겐 분명 그렇겠지. 하지만 세상 사람들이 다 같지는 않아.”

빌리암이 의아한 표정으로 동료를 쳐다보았다. “다르다니, 그게 무슨 말이야?”

“우리처럼 연료 탱크가 작은 사람들 말이야.” 피오르두르가 활짝 웃으며 말했다. “그런 사람들은 연료를 집으로 가져가야 하거든.”

“설마 페트린느를 하우나까지 데려가겠다는 건 아니지?”

피오르두르는 담배 한 모금을 깊이 빨아들여 빌리암의 머리 위로 커다란 연기구름을 만들었다.

"빌리암, 맞아." 그가 말했다. "그럴 생각이야."

"그러면 회사는?" 빌리암이 반대했다. "너도 알잖아. 북위 71도 너머로는 여자를 데려갈 수 없어. 계약서에도 그렇게 쓰여 있어."

"응, 나도 알아." 피오르두르가 평화로운 얼굴로 대답했다.

"그런데도 페트린느를 기지로 데려가 살겠다고? 이렇게 아무 대책 없이?"

"응." 피오르두르는 확신이 선 듯 고개를 끄덕였다.

"회사에 반려자를 집에 들인다고 왜 굳이 알려야 하지? 난 그럴 마음이 없어. 그리고 빌리암, 난 다 계획이 있어."

피오르두르는 더 말하지 않았지만 빌리암은 그 계획이란 것이 페트린느뿐만 아니라 피오르두르를 위해서도 좋은, 멋지고 감동적인 것이라 추측했다.

며칠 후, 썰매 일곱 대가 해외 상관 쪽으로 기수를 돌렸다. 남쪽 곶 주민들은 새로 탄생한 연인들을 가까이서 지켜보고 싶어 했다. 그들은 빛의 속도로 허리 인레트만을 가로질러 해외 상관에 도착했다. 호프곶의 주민들이 여행에 동참해 상관에 도착한 썰매는 모두 열여섯 대였다.

피오르두르와 빌리암은 해외 상관의 책임자인 라스무센의 환영을 받았다. 라스무센은 덴마크 남자로 성격이 호탕했고, 그린란드인 아내와 결혼한 배불뚝이 사내였다. 인근의 지역 주민들은 그를 모두 '아버지'라고 불렀다. 각지에 아들딸을 많이 둔 까닭이었다. 방문객들을 위해 다락방 두 개가 서둘러 준비되었다. 빌리암은 간식을 먹으며 화포를 구하러 온 여행 목적을 설명했다.

잠시 후, 그가 믿을 수 없다는 얼굴로 책임자를 바라보았다. "라스무센, 거짓말이지? 그렇다고 말해. 잘 생각해봐. 여기 어딘가에 분명 그 비슷한 물건이 있을 거야. 특별한 걸 바라는 것도 아니잖아. 비요르켄이 라스릴에게 한 약속을 지키게만 해주면 돼."

라스무센이 뚱뚱한 배를 문질렀다. "빌리암, 총에 관해서라면 착오가 있을 수 없어. 낡은 화포 두 개 외에는 다른 게 있었던 적이 없으니까. 이제껏 총을 사용할 기회가 없었거든. 애석한 일이지만 나도 어쩔 수 없어. 라스릴이 총을 갖고 싶어 한다면, 다음번 배가 올 때까지 기다려야 해."

사기를 꺾는 소식이었다. 문제는 라스릴이 해가 바뀌어야만 총을 갖게 된다는 것이 아니었다. 그것도 물론 유감스러운 일이었지만 그보다 더 유감스러운 일은, 하필이면 그 빌어먹을 총을 되돌려 보내 빌리암이 비요르 켄에게 한 약속을 지킬 수 없게 된 것이었다. 빌리암의 거듭된 요구에 라스무센이 창고를 샅샅이 뒤졌다. 그러나 상황은 달라지지 않았다.

"그건 그렇고, 오늘 저녁 곡물 창고에서 작은 파티가 열릴 거야." 책임자가 활짝 웃었다. "먹을 것도 있고 음악도 있어. 혹시 필요한 게 있으면 그때 와서 가져가도록 해"

빌리암은 말없이 고개를 끄덕이고 책임자와 헤어졌다. 조용히 생각할 시간이 필요했다. 그는 방으로 올라갔다. 그리고 침대에 걸터앉아 머릿속에서 숨 가쁘게 일어나며 소용돌이치는 수많은 생각을 관찰했다.

아래층 내실에는 피오르두르가 있었다. 그는 자리에서 일어나 창가를 서성이며, 무언가 할 말이 있는 듯 연신 "흠, 흠" 하며 목덜미를 긁었다. 마침내 그가 말했다.

"라스무센, 혹시 여기에도 호적계원 같은 사람이 있어?"

라스무센이 피오르두르의 넓적한 등을 뚫어지게 쳐다보았다. "그럼, 당연하지. 호칭은 좀 다르지만. 나도 그럴 권리가 있어. 하지만 법적인 인증이 필요한 중요한 일은 대부분 팔라스 신부님이 처리해."

피오르두르는 고개를 끄덕였다. 그러고는 경직된 얼굴로 상점 앞 언덕을 응시했다. 아이들이 바다표범 가죽으로 만든 눈썰매를 타고 경사면을 내려오고 있었다.

"그건 나도 알아. 하지만 너도 알다시피 난 신자가 아니야. 그래서 신부님에게 별로 가고 싶지 않아. 난 네가 팔라스 신부님 대신 우리 둘이 부부가 될 수 있게 몇 마디 해주면 좋겠어. 그게 옳을 것 같아." 피오르두르가 애원하는 얼굴로 책임자를 보았다.

"그런 건 걱정하지 않아도 돼." 라스무센이 대답했다, "팔라스는 다른 신부와 달라. 신앙에 집착하는 사람이 아니라서, 그저 파티에 술이나 몇 병 가져오고, 창고에서 하모늄을 꺼내 옮길 때 도와주면 별말 없이 축복을 내려줄 거야."

"라스무센, 이건 그렇게 단순한 문제가 아니야." 피오르두르가 얼굴을 붉히며 갈라진 목소리로 말했다. "내가 살인자거든. 많은 사람을 죽였어. 틀림없이 저 위, 하늘나라의 원죄부에 내 이름이 기록되어 있을 거야. 물론 내가 죽인 놈들은 쓰레기보다 못했지만."

"앉아서 얘길 해봐." 라스무센이 다정하게 피오르두르를 격려했다. 피오르두르는 며칠 만에 두 번째로 페투아와 그가 죽인 사람들에 관해, 성범죄자들을 없애고 싶은 그의 욕구와 뜨개질에 관해 설명했다. 피오르두르의 진술이 끝날 무렵, 빌리암이 무거운 걸음으로 다락에서 내려왔다. 그가 문을 열고 심각한 표정으로 라스무센을 바라보았다.

"라스무센, 너도 알다시피 수피아와 난 몇 년 전에 약혼했어." 빌리암이 말했다. "비록 한참 동안 수피아를 만나러 오지 않았고, 가끔 다른 토끼들을 쫓아다닌 것도 사실이지만, 난 언제나 수피아에게 충실했어." 그의 시선이 라스무센의 코끝에 머물렀다. "그래서 결심했어. 총은 이미 물 건너갔고, 내겐 비요르켄이 준 술 스무 병이 있으니까."

책임자는 반가운 얼굴로 빌리암을 바라보았다. 그는 빌리암의 결정이 술과 연관되어 있기를 바랐다.

"난 수피아와 결혼할 거야. 비요르켄도 분명 흔쾌히 술을 내놓을 거야. 그는 마음이 넓거든."

"너도 결혼한다고?" 피오르두르가 놀라 소리쳤다.

"너도? 그게 무슨 뜻이야?"

"페트린느와 나도 그럴 생각이거든. 물론 팔라스가 허락해야겠지만."

빌리암은 라스무센에게서 시선을 떼고 차가운 눈으로 피오르두르를 노려보았다. "그건 안 돼, 피오르두르! 허락할 수 없어. 결혼하려면 최소한 술이 스무 병은 필요해. 그건 너도 알잖아." 그는 난감한 얼굴로 항해용 바지 속으로 손을 집어넣었다. 그러고는 배를 세차게 긁기 시작했다.

"좋아, 그럼 원하는 대로 해. 결혼은 너랑 페트린느가 해. 내가 양보할게." 빌리암은 말을 이으며 감정이 북받쳤다. "비요르켄보르 주민의 이름을 대신해 술 스무 병을 파티에 내놓을게."

밤이 깊었다. 비요르켄보르에서 성대한 만찬이 준비되는 동안, 검은 머리 빌리암은 지난 여행에 관해 상세히 묘사했다. 다른 많은 얘깃거리 중에서도 빌리암이 강조해 말한 것은 다음과 같았다.

"모두 알아야 할 게 있어. 나는 비요르켄이 총을 가져오는 조건으로 술 스무 병을 준 걸 정말 다행이라고 생각해. 상상해봐. 해외 상관에 주라고 술 마흔 병을 줬다면 어떻게 됐을지! 아마 난 꼼짝없이 결혼해야 했을 거야. 그런 다음에는 모두 알 만한 일이 벌어졌겠지." 그가 다정한 얼굴로 비요르켄을 바라보았다.

"비요르켄, 고마워. 이게 다 너의 선견지명 덕분이었어. 피오르두르 대신 고맙다는 말을 전할게. 그 순간 거기 있던 술과, 거기 없던 술에 대해서도 깊은 감사의 마음을 전해."

라스릴이 손가락을 하나 쳐들고 속삭이듯 물었다. "피오르두르가 정말 결혼했어요?" 라스릴은 빌리암이 자기를 쳐다보자 바보 같은 질문을 했다는 생각에 얼굴이 붉어졌다.

"응, 정말이야. 내가 장담해. 피오르두르는 축제용 흰 아노락에 검은색 바지를 입고, 자기 발보다 훨씬 작고 자수까지 놓인 카미크를 신고 결혼했어. 전부 라스무센에게서 빌린 거였지." 빌리암은 꿈꾸듯 애매한 미소를 지었다. "팔라스 앞에 선 피오르두르는 정말 예뻤어. 페트린느는 모피와 구슬, 주름으로 장식한 옷차림에, 올린 머리에는 구슬을 50개나 꿴 실을 붙이고 있었어. 피오르두르는 그런 페트린느를 눈을 반짝이며 사랑스럽다는 듯 바라봤지. 그날, 페트린느는 정말 아름다웠어. 수피아와 늙은 여자들이 감동해 눈물을 흘릴 정도였어."

"빌리암, 빌리암도 울었어요?" 라스릴이 물었다. 그는 늘 궁금한 게 많았다.

"거의 울 뻔했어." 빌리암이 고백했다. "엄숙한 혼인 서약이 오가는 순간에는. 그래도 감동해서는 아니었어. 그 시간, 라스무센의 카미크를 신은 사람이 내가 아닌 게 기뻐서였지."

매스 매슨이 투덜거렸다. "내가 늘 말했잖아. 바나나

나무 해안으로의 여행이 얼마나 위험한지. 하지만 넌 한 번도 내 말을 귀담아듣지 않았지."

빌리암은 대답하지 않았다. 그는 머릿속으로 결혼식이 거행되던 장면을 떠올리고 있었다.

"하모늄 연주도 괜찮았어. 처음 식이 진행되는 동안에는 찬송가가 연주되었는데 그건 그냥 들어줄 만한 정도였어. 모두 내가 아는 노래가 아니었거든. 나이 든 여자들은 꽤 좋아했어. 잔치에 어울리는 음악은 식이 끝나고 창고로 하모늄을 옮긴 뒤 시작되었어. 신부님이 실력을 아낌없이 발휘해 컨트리댄스곡과 왈츠곡, 그 외에도 듣기 편한 곡을 여러 곡 연주해줬거든.

그런데 술이 부족했어. 비요르켄의 술로는 충분치가 않았어. 해외 상관의 많은 이가 파티 소식을 듣고 왔으니까. 만취한 라스무센은 정열적으로 신부를 끌어안았고, 피오르두르는 그를 번쩍 들어 올려 바람이나 쐬라며 눈밭에 내던졌어. 하늘에는 별이 총총했고, 왁자지껄한 파티 소리에 귀가 다 먹먹했어. 그때였어. 책임자의 머리에 뭔가가 번쩍하고 떠올랐어. 물론 그는 생각을 곧바로 실행에 옮기지는 못했어. 눈 더미에 몸이 거꾸로 처박혀서 혼자 힘으로는 빠져나올 수가 없었거든. 나는 그가 무사한지 확인하러 밖으로 나갔고, 낑낑대며 꺼내

줬어. 그러자 그가 신들린 듯 소리쳤어.

'빌리암, 나한테 총 비슷한 게 하나 있는 것 같아!'

젠장! 나는 그가 집으로 들어갈 수 있게 도왔어. 실내로 들어간 우린 나무통을 깔고 앉았어. 만약을 대비해 감춰둔 마지막 술을 나눠 마시기 위해서였지.

'총은 두 자루 모두 박물관 소유가 됐다고 말했잖아?' 하고 내가 물었어.

라스무센은 술을 벌컥벌컥 들이켰어. 눈 더미 속에 오래 처박혀 있다 보면 금세 추워지고 목이 말라오지. 마침내 그가 숨을 헐떡이며 대답했어.

'해외 상관이 설립되기 전의 일이야. 옛날에 스페인 고래잡이배가 블로스빌 연안에 좌초된 적이 있었어. 그런데 몇 해 전, 사냥꾼 몇 명이 내게 낡은 작살포를 팔러 왔어. 덴마크로 수출하기에는 상태가 영 좋지 않아서, 그들은 그걸 고철처럼 무게를 달아 팔고 싶어 했어. 어쨌든 그 후, 아무도 그 물건을 거들떠보지 않았어. 덕분에 그게 저기 해변에 보이는 빨간색 창고 안에 있고. 작살과 낚싯줄이 달린, 소리가 요란한 작살포야. 그런데 그걸 비요르켄이 좋아할까?'"

빌리암은 친구들을 둘러보았다. "그 순간 내 기분이 어땠는지 알아? 난 무슨 일이 있어도 비요르켄보르에 그 작살포를 가져오고 싶었어. 하지만 방법이 없었지."

사냥꾼들은 이해가 간다는 듯 고개를 끄덕였다. "염병할 노릇이네." 시워츠가 중얼거렸다. "원하던 물건을 손에 넣었는데 가져올 방법이 없다니."

라스릴은 이야기의 마지막 부분이 이해되지 않았다. 무언가 놓친 듯했다. 그가 물었다.

"빌리암, 그냥 고맙다고 하고 가져오면 되잖아요. 왜 안 그랬어요?"

비요르켄이 짜증이 묻어나는 눈으로 제자를 노려보았다. 그가 청년의 부적절한 호기심을 수정하려던 찰나, 낮짝이 참을성 있게 설명했다.

"라스릴, 잘 생각해봐. 빌리암은 결혼 선물로 술을 전부 다 선물했어. 그런데 그 술은 총과 교환하려고 가져간 거잖아."

"아, 그렇군요." 라스릴이 멍한 눈으로 낮짝을 보았다. 잠시 후, 이제야 이해가 간다는 듯 그가 웃음을 터뜨렸다.

"아, 그러네요. 그런 말이었어요!"

"하지만 작살포를 가져왔잖아." 안톤이 끼어들었다. "이건 어떻게 설명할 건데?"

빌리암은 손가락으로 숱이 많은 검은 머리카락을 쓸어 넘겼다. "설명을 하자면 20년 전으로 돌아가야 해." 그

111

가 말했다. "그 시절, 라스무센은 젊었고 성욕이 엄청 왕성했어. 그래서 페트린느의 어머니가 사는 마을로 곧잘 짧은 여행을 떠났어. 페트린느는 그 여행에서 얻은 결실이었지. 그 사실을 알고, 책임자는 비요르켄이 결혼 선물로 준 술을 총 대신 받은 걸로 하자고 했어. 여기서 한 가지 짚고 넘어가야 할 건, 라스무센의 별명이 사키바트라는 거야. 그가 그런 별명을 갖게 된 게 우연은 아니었으니까. 사키바트는 장인어른이라는 뜻이거든. 어쨌든 모든 일이 잘 해결되었어. 신부는 아버지와 남편을 얻었고, 비요르켄은 작살포를 얻었고, 수피아는 언제까지나 내 약혼녀로 남게 되었으니까. 피오르두르도 아내를 하우나로 데려왔어. 하지만 8월이 되자마자 다시 남쪽 곳으로 가야 했어. 장인어른이 마을의 부족장 일을 도맡으라고 명령해서."

빌리암이 자리에서 일어나 문을 반쯤 열었다. 실내에 자욱하게 낀 담배 연기를 빼내기 위해서였다. 문가에 선 채, 그가 말했다.

"모든 점에서 볼 때, 정말 굉장한 여행이었어. 처음 해보는 우라지게 위험한 여행이었지."

라스릴의 대포

1년 중 가장 어두운 겨울 저녁, 라스릴과 비요르켄은 늦은 시각까지 식탁에 앉아 철학을 논했다. 이것은 비요르켄이 철학적 장광설을 늘어놓는 사이, 라스릴이 귀를 큰 돛처럼 활짝 열고 스승의 이야기를 경청한다는 것을 의미했다. 낮짝은 비요르켄이 독백을 늘어놓기 시작하자 곧바로 잠을 자러 갔다. 신문지를 돌돌 말아 양쪽 귀에 끼우고, 비요르켄이 억지로 라스릴에게 주입하는 객설에서 멀어진 것에 감사하며 복된 미소를 지었다. 그리고 아무 걱정 없이 행복한 잠 속으로 빠져들었다.

그런 저녁이면, 비요르켄은 라스릴이 한없이 사랑스럽게 느껴졌다. 청년의 배움에 대한 갈증은 절대로 채워지지 않을 듯 보였고, 남달리 비상하지 않은 라스릴의 기억력 덕분에, 그는 주의를 기울여달라고 구걸할 필요 없이 같은 이야기를 두서너 번 반복하고, 분석하고, 개편하고, 끝없이 반추했다. 교육가다운 천부적 자질의 소유자인 비요르켄에게 라스릴은 한마디로 하늘이 내린 축복이었다.

토론을 시작한 지 30여 분이 지났을 때였다. 비요르켄은 '대위법'이라는 단어를 포기했다. 라스릴이 이해하기에는 지나치게 형이상학적인 단어였다. 더 말하다가는 분명 라스릴의 사기가 꺾일 터였다. 돼지 목에 진주를 달아줘 뭐하겠냐며 그가 제자를 윽박지를 게 틀림없기 때문이었다. 이에 비요르켄은 대화의 주제를 '만족감'으로 바꾸어 토론을 이어 나갔다. 라스릴이 잠시 입술을 깨물었다.

"비요르켄, 전 지금 모든 게 아주 만족스러워요." 라스릴이 흥분해서 선언했다. 그리고 의자 아래 얌전히 놓아둔 두 다리를 접었다 펴며 개구쟁이처럼 명랑하게 흔들었다.

비요르켄은 길고 누런 치아를 내보이며 상냥한 미소

를 지었다.

"정말이야, 친구? 확실해? 모든 것에 만족해?"

"네, 완벽해요." 라스릴이 고개를 끄덕였다. 그의 하늘색 눈동자가 밝게 반짝였다.

비요르켄은 화덕으로 다가가 똬리쇠 위에서 법랑을 입힌 파란색 커피 주전자를 내리고 찻잔을 꺼냈다. 음료를 잔에 따르며 그가 말했다.

"말도 안 돼, 어떻게 그럴 수 있지? 넌 생각의 전환이 필요해."

순간, 라스릴의 반짝이던 눈에 그늘이 드리워졌다. "비요르켄, 그게 안 좋은 거예요? 제 말뜻은 비요르켄보르에서 살며 여우 덫을 놓으러 다녀서 좋다는 거였어요. 비요르켄이랑 낯짝이랑 같이 사는 게 좋다고요. 필요한 게 더는 없으니까요. 그게 나쁜 거예요?"

비요르켄은 커피 주전자를 내려놓고, 의자에 풀썩 주저앉았다. 그러고는 불을 내뿜는 용을 난폭하게 다루며 등을 곧추세우더니 목젖이 천장에 가닿을 정도로 고개를 높이 쳐들고, 나지막한 목소리로 속삭였다.

"살 것인가 죽을 것인가, 그것이 문제로다."

"비요르켄, 그게 무슨 말이에요?"

"만족감 말이야, 이 녀석아, 만족감!" 거만한 얼굴로 그가 청년을 바라보았다. "만족감은 풍요로운 삶과 미래를 위해 제일 중요해."

한동안 긴 휴식 시간이 이어졌다. 라스릴은 그 순간을 틈타 비요르켄의 말을 이해해보려 애썼다. 하지만 머릿속이 하얘지며 아무런 생각도 나지 않았다. 그가 물었다.

"비요르켄, 그게 무슨 말이에요?"

강연을 시작할 최적의 여건이 형성되었다. 비요르켄은 기다란 다리를 꼬고, 과장된 몸짓으로 팔 하나를 머리 위로 휘둘렀다. 그리고 이야기를 시작했다.

"갓난아기가 태어나자마자 울음을 터뜨린다는 말을 들어본 적 있지? 너도 이 세상에 오자마자 그랬고."

라스릴이 번개처럼 재빠른 반응을 보였다. 그리고 비요르켄이 바라는 바에 가까워지기 위해 다음과 같이 말했다.

"네, 물론이에요. 기억나요."

비요르켄은 말을 잇기 전에 열을 셌다.

"흠, 좋아. 그때 네가 울음을 터뜨린 건 만족스럽지 않아서였어, 그렇지?" 그가 수습생이 엉뚱한 대답을 하기 전에 잽싸게 말을 이었다.

"바로 그거야! 아기가 태어나자마자 울음을 터뜨리는 건 인간이 불만족스러운 존재로 태어났기 때문이야. 라스릴, 인간의 진화는 인간의 본성에 깊이 각인된 불만족으로부터 시작돼. 모든 것에 만족한다면 성장할 수 없으니까. 그래서 우린 주께서 우리를 부를 그날까지 불만족스러운 상태로 살 수밖에 없어. 그게 인간의 운명이지."

이해하기 매우 어려운 말이었다. 라스릴은 오랫동안 그 문제에 관해 심사숙고했다. 라스릴이 되새김질을 하는 사이, 비요르켄은 조용히 커피를 홀짝였다. 노고 끝에 마시는 커피라서 맛이 무척 좋았다. 잠시 후, 그가 다시 말을 이었다.

"불만족은 인간이 뛰어넘을 수 없는 운명과도 같아. 인간은 필연적으로 무언가를 갈망하게 태어났어. 그래서 갈망한 것을 쟁취하려고 끝없이 노력하지. 원하던 걸 얻은 다음에는 흥미를 잃어버리고. 그렇게 한 단계, 한 단계 성장해. 원하는 것을 얻기 위해 투쟁하면서. 라스릴, 이해가 가?"

그가 던진 화두는 비요르켄에게 커피 몇 모금을 마실 여유와 다 씹은 담배를 석탄 상자에 내뱉을 시간을 제공했다.

"친구, 나는 네게도 원하는 것이 많다고 생각해. 아니야?" 비요르켄이 씹는담배를 새로이 치아 뒤에 장착하고 물었다.

라스릴이 갑자기 눈을 감았다. 약간의 망설임 끝에, 그가 대답했다.

"아니요. 비요르켄, 저는 원하는 게 없어요. 그런데 제가 뭘 원해야 하지요?"

비요르켄은 신경질을 내며 미간을 찌푸렸다. "그걸 내가 어떻게 알아? 그래도 네가 뭔가 원하는 건 확실해. 그게 당연한 거니까. 예를 들면 새로 산 총이나 체크무늬가 커다랗게 박힌 바지, 그것도 아니면 스코네에 사는 연로한 어머니가 보고 싶다든가, 뭐 그런 거. 잘 생각해봐, 이 중에도 없어?" 그가 알겠다는 듯 윙크했다. "아, 그것도 아니면 작고 귀여운 아가씨를 이층 침대로 데려가는 거?"

라스릴은 비요르켄이 나열한 소망을 순서대로 되짚어보았다. 비요르켄은 그동안 의자에 앉아 교활한 미소를 지으며 자기가 한 말을 반추했다.

"아니요. 모두 아니에요. 전 원하는 게 없어요." 라스릴이 대답했다.

"뭐?" 비요르켄이 놀라 고개를 앞으로 내밀고 수습생을 보았다. "염병할, 그렇게 쉽게 말하지 말고 좀 진지해져봐. 다시 생각해보란 말이야. 사랑하는 엄마나 근사한 새 레밍턴, 몸매가 끝내주는 예쁜 말괄량이 아가씨가 밤마다 네 발을 따뜻하게 덮혀줄 걸 생각하면 기분이 좋잖아!"

라스릴은 진지하게 다시 생각해보았다. 하지만 결과는 여전히 부정적이었다.

"비요르켄, 전 엄마를 2년 전에 봤어요. 비요르켄이 휴가를 줬잖아요. 벌써 잊었어요?"

비요르켄이 눈에 보이는 모든 걸 물어뜯을 듯 사납게 으르렁거리며 자리를 박차고 일어났다. 그러더니 방구석에 놓인 장롱으로 걸어가 독주를 두 병 꺼냈다. 마개가 빠지며 '퐁' 하는 소리가 났다. 순간, 어떻게 알았는지 낯짝이 귀에 꽂고 있던 신문지를 빼내고 고개를 돌렸다.

"비요르켄, 너무 큰 부탁이 아니라면 나한테 술 한 잔만 가져다줘."

비요르켄은 불평을 늘어놓으며 낯짝에게 줄 술을 따랐다. 잔을 건네자 낯짝은 베개에서 머리를 들지도 않고 내용물을 면세 통과시켰다. 그리고 상냥한 미소를 지으며 비요르켄에게 잔을 돌려준 뒤, 다시 귀마개를 끼우고 눈을 감았다.

비요르켄은 말을 잇기 전에 두 차례나 원기 회복제를 들이켰다. "침낭 속에서 남자의 사기를 높여줄 작고 예쁜 여자는?"

라스릴은 또다시 고개를 저었다. "비요르켄, 그런 거

라면 두 번 다시 경험하고 싶지 않아요. 엠마는 날 매독에 걸리게 했고, 갈매기와 함께 잤을 땐 비요르켄이 절 모국으로 돌려보내 핀켈포 박사를 만나게 했잖아요. 더는 그런 일을 겪고 싶지 않아요. 새롭게 다시 시작할 마음도 없고요. 정말이에요."

"그럼 총은?" 비요르켄이 신음했다. "근사한 새 총. 전문 사냥꾼이라면 새 무기를 갖고 싶은 게 당연하잖아?"

"왜 그래야 하는데요?" 라스릴이 즐겁게 대답했다. "난 내 89년식 낡은 소총이 더 좋아요. 그 총으로 곰을 두 마리나 잡았으니까요. 게다가 그 총에 이미 인장을 두 개나 새겼어요. 그래서 못 해요. 방법이 없어요. 새 개머리판에 인장을 또 새길 수는 없잖아요. 안 그래요?"

비요르켄은 다시 원기 회복제를 들이켜고, 진땀이 나서 때 낀 양모 메리야스를 벗어 던졌다. 라스릴은 그 기회를 놓치지 않고 몇 년째 비요르켄의 분홍색 젖꼭지 사이를 항해하는 세 돛 범선을 주의 깊게 관찰했다. 그래도 비요르켄은 이성을 잃지 않았다. 라스릴에게 술을 따라줄 때 손이 조금 떨리기는 했지만, 끝내 미소를 유지했다.

"완벽해, 완벽해, 친구. 가슴 깊이 숨겨둔 욕망을 그렇게 쉽게 내보일 수는 없겠지. 이 늙은 기지 대장에게도 터놓고 싶지 않을 정도로 은밀한 거라면 당연해. 그런데 한편으론 조금 실망스러워. 내가 그만큼 믿음직하지 않다는 얘기니까. 하지만 괜찮아. 고백하고 싶지 않을 뿐, 네게도 원하는 게 적어도 하나쯤은 있을 테니까."

비요르켄의 말에 라스릴은 눈을 감고 주먹을 쥐었다. 그러고는 무슨 일이 있더라도 스승의 마음에 들 소원을 찾아내기로 마음먹었다.

"아주 작은 거라도 괜찮아. 그러니까 얼른 하나만 말해봐." 비요르켄이 꿀처럼 달콤한 목소리로 속삭였다.

라스릴은 손가락으로 이마를 두드리며 필사적으로 몸부림쳤다.

"원한다면 내가 그 소원을 들어줄게. 너무 큰 게 아니라면." 비요르켄이 애걸했다.

잠시 후, 라스릴의 얼굴이 환해졌다. 그는 눈을 크게 뜨고 매력적인 눈빛으로 비요르켄을 응시했다.

"비요르켄, 정말 그래 줄 수 있어요? 그럼…… 아니, 잠깐만요. 안 되겠어요. 그냥 없었던 걸로 해요. 말하면 틀림없이 나를 바보라고 생각할 거예요."

비요르켄은 라스릴의 지성을 헐뜯는 짓 따위는 절대로 하지 않겠다고 맹세했다. 기대감에 술병을 쥐고 있던 손에 힘이 들어갔다. 기다리다 지쳐 앞으로 툭 튀어나온 눈을 수습하며 그가 다정히 말했다.

"만족하지 않는 건 정말 중요해, 친구. 뭔갈 원하는 것만큼이나 중요하지. 그러니까 어서 말해봐."

"그런데 정말 들어줄 거예요? 그러면 전 다시 만족하게 될 텐데요?" 라스릴이 혼란스러운 듯 술잔 바닥에 시선을 고정했다.

"물론 그렇겠지." 라스릴이 술을 새로 따라 빠른 속도로 들이켰다. "그게 바로 내가 늘 말해왔던 거야. 우린 원하는 걸 얻기 전까지 절대 만족할 수 없어. 그게 뭐든 마찬가지지. 만족스럽지 않은 만큼 발전하게 되어 있으니까. 불만족이 필요를 창조하고, 필요가 뇌를 움직이게 하는 거야."

"배가 고플 때 밖으로 나가 바다표범을 죽이는 것처럼요?"

비요르켄의 미소가 작은 방 안을 환하게 밝혔다. "친구, 비슷해. 거의 다 왔어. 시장기를 느끼는 건 만족스럽게 먹었던 때를 위가 기억하기 때문이야. 배부른 시절로 되돌아가고자 몸부림치는 위장의 반란이지. 같은 식으로 욕망도 채워져. 그런데 뭘 원하는데 그래?"

라스릴이 얼굴을 붉히며 수줍게 웃었다. "화포요."

비요르켄의 미소가 싸늘하게 식었다. 놀란 눈으로 그

가 청년을 바라보았다. "뭐?"

"커다란 기폭 장치가 달린 거 말이에요. 비요르켄도 알잖아요. 그게 있으면 비요르켄보르가 한결 멋있어질 거예요. 여름에 올슨이 올 때 화포를 쏴서 환영해주면 좋잖아요. 생각해봐요. 얼마나 재미있겠어요?"

비요르켄은 어림도 없는 소망이라고 생각했다. 한동안 그는 뼈마디가 앙상한 손등을 들여다보며 어떻게 하면 좋을지 고민했다. 비요르켄보르에 화포가 들어오면 여러모로 좋았다. 라스릴의 손에서 위험하게 사용되지만 않는다면 사냥꾼들의 부러움을 살 수 있고, 비요르켄보르를 다른 사냥 기지와 확실하게 구분할 수 있었다. 순간, 비요르켄의 입술에 경련이 일며 교활한 미소가 지어졌다. 크고 둥그런 두개골 밑에서 기발한 계획이 세워졌다.

"라스릴, 그거야말로 명예로운 소망 같아. 소원을 들어주려면 물론 엄청 힘들겠지만, 한번 해볼게. 하지만 한 가지 약속해줄 게 있어. 내가 소원을 들어주는 대신, 다음에 내가 새로운 소원을 물어보면 잘 준비해뒀다가 말해줘. 그럼 그때 내가 또 어떻게든 네 소원이 이뤄지도록 노력해볼게."

"비요르켄, 고마워요. 어떻게든 새로운 소망을 찾아

볼게요." 라스릴의 얼굴이 다시금 밝아졌다. "손님이 오면 진짜 멋질 거예요. 안 그래요?"

"비요르켄보르의 상징이 될 거야." 비요르켄이 말했다. "상징은 물론 예방과 억제 효과도 있을 테고."

라스릴이 고개를 갸웃거렸다. "그게 무슨 말이에요, 비요르켄?"

비요르켄은 상징, 예방, 억제라는 세 단어를 집중적으로 공략했고, 두 사람은 남은 밤을 하얗게 불태웠다.

그린란드 북동부에서 화포를 구하기란 하늘의 별 따기만큼 어려웠다. 물건을 가져올 사람을 사방팔방 물색했지만, 적임자가 없었다. 딱 한 사람, 적당한 사람이 있기는 했다. 검은 머리 빌리암이 그였다. 빌리암은 몇 년 전, 남자들에게만 있는 제3의 다리를 세우려고 혼자 여행을 떠났다가 화제의 물건에 해당하는 견본 두 개가 해외 상관에 있다는 말을 들었다. 해외 상관은 빌리암의 약혼녀가 사는 남쪽 곳에서 사흘만 여행하면 되는 거리에 있었다.

그렇게 해서 검은 머리 빌리암은 다음번 남쪽을 여행할 때 협상을 성공리에 마치고 물건을 가져올 임무를 맡게 되었다. 빌리암의 원정은 앞서 상세하게 기록한 바있다. 모험으로 가득한 그 여행은 피오르두르의 삶에 상당한 변화를 주었고, 빌리암의 공로는 그 후로도 오랫동안 연안에 널리 회자되었다.

원정의 결과물은 6월 초, 어느 화창한 날에 곳간 문처럼 커다란 썰매에 실려 비요르켄보르에 도착했다. 썰매를 끌고 온 개들은 모두 스물두 마리였고, 그중 열 마리는 피오르두르의 개였다. 밸프레드와 한센 중위가 거대한 총의 베일이 벗겨지는 역사적인 자리에 참석했다. 두 사람은 새들의 이동 경로에 매복해 있다가 우연히 비요르켄보르까지 흘러든 참이었다.

빌리암이 가져온 것은 평범한 총이 아니었다. 화포와는 전혀 다른 것이기도 했다. 비요르켄은 놀라움과 기쁨이 묻어나는 목소리로 길건 짧건, 가늘건 두껍건 총포는 총포일 뿐이라고 일축했다. 여행객들의 방문을 코앞에 두고, 비요르켄보르의 주민들이 제정신이었는지는 모르겠다. 하지만 화포를 맞아들이는 환영식은 축포라는 이름에 걸맞게 진행되었다. 비요르켄은 빌리암이 가져온 무기를 면밀히 검토하고, 세상에서 가장 매력적인 화포라고 선언했다. 화포는 여자가 참았다가 뀌는 방귀보다 훨씬 강력했다.

총은 피아노처럼 무거웠다. 떡갈나무 길목으로 썰매

를 옮길 때 밸프레드조차 거들어야 할 정도였다. 라스릴은 입을 다물지 못했다. 황동으로 만든 미끈하고 작은 물건을 상상했지, 이렇게 큰 독일제 장거리포의 사촌 동생을 원한 게 아니었다.

"비요르켄, 너무 크지 않아요?" 라스릴이 놀라 물었다.

비요르켄은 만족스러운 눈으로 총신을 바라보았다.

"일반적인 총보다 훨씬 크긴 해. 가히 충격적이지. 친구, 이건 스페인산이야. 톨레도*의 강철로 주조한 것이지. 최고야." 그가 총의 밑동을 손가락 마디로 두드렸다. "이건 단순한 고래잡이 대포가 아니야. 지구 곳곳으로 개미처럼 퍼져나간 스페인인이 사용한 거니까. 고래잡이 포로 사용하기 전에는 분명 인디언과 중국인, 그 외의 다른 원주민을 몰아내는 데 사용했을 거야."

"이게 고래잡이 대포예요?" 라스릴이 실망한 표정으로 비요르켄을 바라보았다.

"맞아, 이걸로 우린 아주 많은 걸 할 수 있어. 내가 고래라고 한 건, 큰고래와 일각돌고래까지 포함한 거니까. 위산을 분비하지 않고도 어른 코끼리 열 마리 정도는 거

* 스페인의 역사적인 요새 도시.

뜬히 집어삼킬 수 있는 물건이지.”

“그 정도예요?” 라스릴은 얼빠진 얼굴로 입을 다물지 못했다.

모두는 태어나 처음 보는 물건을 앞에 두고 잠시 묵상에 잠겼다. 밸프레드는 씹는담배즙을 놀랍도록 멀리 뱉고 목을 긁었다.

“헤, 헤, 라스릴, 내가 장담하는데, 이 고약한 기계로는 절대 참새를 죽일 수 없어. 비요르켄, 혹시 세계대전이라도 준비해?”

비요르켄은 이상야릇한 미소를 지으며 길고 누런 이빨을 내보였다. “이걸로 할 일이 있어. 계획이 있거든.” 그가 차가운 철제를 손으로 다정하게 쓰다듬었다. “밸프레드, 곧 알게 될 거야.” 이어 라스릴 쪽으로 고개를 돌렸다.

“라스릴, 앞으로 이 대포는 비요르켄보르의 상징이 될 거야. 우린 이제 연안을 통틀어 가장 중요한 기지에 살게 되었어. 이게 다 이 고래잡이용 살생기를 집 앞에 두게 된 덕분이지. 이 녀석이 없었다면 비요르켄보르는 그린란드 북동부에서 가장 크고, 멋지고, 위험한 곳이 되진 못했을 거야.” 그가 빌리암을 향해 돌아섰다.

“빌리암, 이걸 끌고 여기까지 온 너의 노고에 비요르켄보르의 이름을 걸고 감사의 말을 전해. 넌 원정의 임무를 훌륭히 완수했고, 앞으로도 이 일은 영원히 기억될 거야. 그린란드 북동부의 역사에 길이길이 남을 일이니까. 그래서 말인데, 모두 집으로 들어가 간식을 먹으며 마실 것으로 목을 축이자.”

대포는 집 앞 단단한 눈 더미에 안치되었다. 거실 창문은 물론 멀리 떨어진 피오르에서도 훤히 내다보였고, 오래지 않아 비요르켄보르의 주민이 되었다. 봄이 왔고, 눈이 녹았다. 5월이 지나고 6월이 지나는 사이, 라스릴의 대포는 녹아내리는 눈에 비스듬히 기울어지며 파랗고 드넓은 하늘을 향해 남근처럼 거대한 총부리를 우뚝 쳐들었다.

비요르켄과 낮짝은 어느새 일상이 되어버린 대포에 익숙해져서 별다른 주의를 기울이지 않았다. 하지만 라스릴은 달랐다. 그는 매일같이 열심히 대포를 보러 갔다. 아침에 눈을 뜨자마자 대포로 가서 “안녕” 하고 인사했고, 밤에는 자기 전에 “잘 자”라고 했다. 일주일에 두 번 발파공을 펄프로 닦아 반들반들하게 광을 냈고, 하루가 멀다 하고 기름을 적신 행주로 포신을 문질렀다. 라스릴은 대포를 숭배했다. 대포의 영광을 널리 알리려고 흙과 납작한 돌로 작은 언덕을 만들고, 친구들의 도움을 받아 철로 된 커다란 버팀목을 세웠다. 그리고 조약

돌에 석회를 세 겹 발라 하얗게 칠했다.

신호 언덕은 빠른 속도로 비요르켄보르에서 독보적인 존재가 되었다. 작업이 끝나자, 낮짝과 비요르켄은 대포를 재인식하기 시작했다. 주방 창문에서 보일 정도로 높은 곳에 놓인 대포는 동쪽 하늘을 검은 그림자로 물들이며 당당히 그 위세를 떨쳤다. 비요르켄보르의 주민들은 매일 저녁 신호 언덕으로 가서 바다를 감싸 안으며 저무는 태양을 감상했다.

베슬 마리호의 도착이 임박했음을 알리며, 비요르켄은 비요르켄보르가 여행객들의 낙하점이 되어야 한다는 사실에 몹시 낙담했다. 그해 여름, 아름다워야 할 날들은 그렇게 비요르켄의 기분에 따라 침울하게 변해갔다. 그는 불평이 잦아졌으며, 한 계절 내내 우울한 얼굴을 하고 다녔다.

스승의 기분이 저하되자 라스릴은 괴로웠다. 그는 몇 시간이고 비요르켄이 선물한 대포에 걸터앉아, 보급품을 실은 배가 빙하 너머로 검은 연기 기둥을 내뿜으며 나타날 날을 기다렸다. 그리고 틈틈이 비요르켄의 지시에 따라 까다로운 발포법을 연습했다.

라스릴은 대포를 덮개 밑에 숨겨두기로 마음먹었다. 감쪽같은 눈속임으로 모두를 깜짝 놀라게 하기 위해서였다. 낡은 돛배가 닻을 내리면 그는 대포를 몰래 장전하고, 포격 태세를 갖출 것이었다. 기지 대장과 낮짝 조수는 조용히 해변으로 다가갈 것이고, 올슨 선장은 커다란 고무장화를 바닷물에 담글 것이다. 그러면 라스릴은 덮개를 벗기고 멋지게 발포할 것이다. 비요르켄의 말에 따르면, 이 일은 그린란드 북동부를 넘어 온 세상에 알려지고도 남을 역사적 사건이다.

이윽고 그날이 왔다. 라스릴을 제외한 모든 일이 비요르켄의 예상대로 진행되었다. 라스릴은 스승이 연기 기둥을 발견했을 때에도 대포 위에 엎드려 잠을 자고 있었다. 그는 밤을 홀딱 새우고, 아침 내내 가늘게 뜬 눈으로 쏟아지는 잠과 싸우다가 장렬하게 눈을 감았다. 낮짝은 라스릴에게 귀리와 당밀을 넣어 끓인 죽과 커피 두 잔, 마가린을 바른 밀가루 빵 한 조각을 가져다주었다. 전부 청년의 원기를 북돋아 임무를 완수하게 해줄 재료였다. 하지만 태양이 서서히 뜨거워지며 피로감이 절정에 달하자, 라스릴은 초인적인 힘으로 대포를 항구를 향해 돌려놓고 포관 위에 배를 깔고 엎드려 팔다리를 늘어뜨렸다. 그리고 그대로 잠이 들어버렸다. 사실 그는 자면서도 경계를 늦추지 않고 바다표범처럼 30초마다 깨어나, 고개를 들고 사방을 둘러보며 적의 동태를 살필 계획이었다. 하지만 애석하게도 그에게는 바다표범의 재능이 없었다. 그래서 비요르켄이 성을 내며 욕설을 퍼부을 때까지 잠에서 깨어나지 못했고, 스승의 불호령이 떨어진 다음에야 일어나 환영식에 쏠 축포를 준비하기 위해 반수 상태로 별채 오두막을 향해 갈지자로 걸어갈 수 있었다. 다행히 작업 도중 정신이 맑아졌다. 준비를 마친 뒤, 라스릴은 덮개 밑에 숨어 생각이란 걸 하기 시작했다. 반복된 훈련 덕분에 그는 이제 대포를 능숙하게 조작할 수 있었고, 발포 시 유의할 점과 위험성에 관해서도 충분히 인지하고 있었다. 생각이 여기까지 미치자, 라스릴은 자기가 얼마나 중요한 역할을 맡았는지 절감했다. 이제 그는 중대한 임무를 맡은 포수이자 세상을 다 껴안고도 남을 만큼 원대한 포부를 지닌 사내였고, 잠시 후면, 모두가 그를 주시할 터였다. 라스릴은 달콤한 상상에 빠져들었다. 그런데 이게 뭐람! 너무 시시하잖아! 대포를 쏘는 위대한 순간을 장식하려면 무언가가 공기 중으로 흩어져야 했다. 검은 화약도 충분했고, 대포의 명성에 걸맞게 품위를 지키며 장전하는 법도 배웠다. 하지만 전부 어떤 바보라도 할 수 있는 일이었다. 올슨과 여행객들의 가슴속에 영원히 기억될 확실한 무언가가 필요했다.

라스릴은 생각을 실천으로 옮겼다. 그러고는 행복한 미소를 지은 채 구부정한 자세로 환영식을 특별하게 만들 물건을 찾으러 별채 오두막으로 갔다. 별채 오두막을 나오는 그의 손에는 검은 화약 한 자루와 갈고리, 끝에 덴마크 국기가 달린 밧줄이 들려 있었다. 라스릴은 작업을 하며 줄곧 유쾌한 콧노래를 흥얼거렸다. 대포가 발사되면 올슨은 분명 기절초풍해서 고무장화 밖으로 튀어 오를 것이다. 비요르켄은 고개를 끄덕이며 자랑스러운 얼굴로 라스릴을 '내 친구'라고 부를 것이다. 그는 덮개 밑에 숨어 바다로 시선을 옮겼다. 베슬 마리호의 선체가 한눈에 들어왔다. 바다는 유리잔 안에서 응고한 우유처럼 잔잔했고, 배는 길을 방해하는 얼음 없이 연기를 내뿜으며 천천히 기지와 가까워지고 있었다. 올해는 배의 입항이 늦어지지는 않을 듯했다.

낮짝과 비요르켄은 깨끗한 아노락으로 갈아입고, 피오르두르가 빨간색 털실로 짜준 뾰족모자를 쓰고서 밖으로 나갔다. 그리고 올슨의 안개 고동 소리에는 짐짓 베슬 마리호를 신경 쓰지 않는 사람처럼 행동했다. 선장이 멍청하게 웃으면서 망원경으로 그들을 주시하고 있을 게 뻔했기 때문이다. 올슨은 분명 저 아래 해안에 야만인들이 있다고 말하며 비요르켄보르의 주민들을 가리킬 것이다. 그리고 승객들에게 처음에는 사냥꾼들의 모습에 공포감을 느낄 수 있지만, 차차 해롭지 않음을 알게 된다고 설명할 것이다.

비요르켄이 피오르를 등지고 집 쪽으로 돌아서자, 낯짝이 뭔가 대단한 계획이라도 있는 듯 고개를 끄덕이며 신호를 보내왔다. 그는 우연처럼 보이도록 무심한 얼굴로 침을 뱉고 근시인 눈으로 바다를 훔쳐보았다. 그리고 비요르켄의 소매를 슬쩍 잡아당겼다. 비요르켄은 천천히 고개를 돌리고, 낡아빠진 배를 노려보았다. 그러더니 짜증 난 사람처럼 어깨를 들썩이며 두 팔을 크게 휘둘렀다. 비요르켄보르의 주민들이 보여준 이 행동은 1년에 한 번 입항을 앞두고 기대에 부푼 올슨의 기쁨을 송두리째 앗아 갔다.

올슨은 수년간 연안을 항해했다. 그런 그가 당황한 얼굴로 망원경을 눈에서 내렸다. 왕립 배우 한센에게 망원경을 넘기며 그가 중얼거렸다.

"저기 있는 게 비요르켄보르예요. 팀원 세 명이 있는 사냥 기지 중 제일 큰 곳이지요." 올슨은 서둘러 창문을 닫았다. 대체 또 무슨 꿍꿍이람? 비요르켄보르의 기지 주민들은 배가 여름을 보낼 여행객과 이듬해까지 사용할 보급품을 싣고 온다는 사실을 이미 알고 있었다. 그런데 해변과 집 사이에 있는 인공 언덕은 도대체 뭐란 말인가? 덮개는 왜 씌워놨고, 라스릴은 또 왜 덮개 밑에 숨어 있나?

비요르켄과 낮짝은 닻이 바다에 젖고 요트를 내리라는 올슨의 명령이 떨어진 뒤에야 해변 쪽으로 천천히 걸었다. 둘 다 즐거워 보이지도, 조바심을 내는 것 같지도 않았다. 오히려 업무가 많아 진절머리가 난 공무원처럼 보였다.

"최대한 관심을 보이지 않아야 해." 비요르켄이 속삭였다. "그래야 놀라움도 커질 테니까. 지금 사람들이 배에서 내려 요트에 옮겨 타고 있어." 그가 눈이 어두운 동료를 위해 설명했다. "올슨과 부선장, 선원 한 명, 나이가 좀 들어 보이는 남자와 금발에 키가 훌쭉한 여자가 있는데, 여잔 날씬하고 꽤 귀여워." 비요르켄은 낮짝의 소매를 잡아끌었다. 해변에 나올 때마다 두더지처럼 눈이 어두운 동료가 부딪쳐 넘어질 만한 커다란 돌덩이가 앞에 나타났다. "지금 그들이 우리 쪽으로 노를 저어 오고 있어. 올슨은 세상을 정복한 사람처럼 지휘하고 있고. 바로 지금이야. 라스릴이 행동을 개시할 때는." 비요르켄이 두 팔로 신호를 보냈다. 라스릴은 알겠다는 듯 고개를 끄덕였다. 그가 벌떡 일어나 덮개를 힘차게 걸어

올렸다. 어마어마한 무기의 출현에 요트 끝에 서 있던 올슨의 안구가 밖으로 튀어나왔다. 라스릴이 대포를 요트 쪽으로 돌리는 것을 보고, 올슨은 공포감에 휩싸여 소리쳤다. 암소의 눈깔처럼 한없이 깊고 검은 대포의 아가리가 정면에 입을 쫙 벌리고 있었다. 그가 공포감에 사로잡혀 소리쳤다.

"빌어먹을, 함정이야. 배를 돌려. 염병할, 왼쪽 말고 오른쪽으로 돌리라니까! 빌어먹을, 노를 더 힘껏 저어!"

천천히 회전해 요트가 선미를 육지 반대 방향으로 돌리는 순간, 라스릴이 대포를 발사했다. 포수가 놀라 자빠질 정도로 대단한 위력이었다. 밧줄 끝에 덴마크 국기를 매단 채, 갈고리는 휘파람 소리를 내며 비요르켄의 머리를 아슬아슬하게 스치고 날았고, 그 바람에 구부러진 비요르켄의 등이 거의 양호한 상태로 펴졌다.

등 뒤에서 들려오는 폭발음에 낮짝이 고개를 끄덕였다. 보이지는 않지만 굉장한 일이 벌어졌다는 것쯤은 짐작할 수 있었다. 갈고리는 물 위를 스치며 귀가 먹먹할 정도로 격렬한 마찰음을 내고, 요트의 앞 뼈대를 가로질러 올슨의 푸짐한 엉덩이에 가 박혔다.

올슨의 비명은 라스릴이 낸 가공할 만한 발포음에 맞먹었다. 이 두 소음은 야단스럽게 조화를 이루며 한데

뒤섞였고, 메아리치며 산을 뒤흔들었다. 낮짝이 비요르켄의 소매를 잡아당겼다. 그는 무슨 일인지 무척 궁금했다. "노르웨이 사내의 뚱뚱한 엉덩이에 리본 장식이 달렸어. 염병, 놀라 자빠지겠네."

비요르켄이 고개를 흔들었다. 이런 광경은 처음이었다.

갈고리에 묶인 밧줄이 만돌린의 현처럼 팽팽해지며, 덴마크 국기가 대포 아가리와 요트 후미 사이에서 경쾌하게 펄럭였다.

라스릴이 인내심을 잃고 자리에서 벌떡 일어났다. 한바탕 벌어진 소동을 보고 피해 상황을 확인한 그가 당황한 얼굴로 두 친구를 바라보았다. 비요르켄은 연민 어린 얼굴로 제자를 응시했다. 그러고는 라스릴의 어깨에 팔을 둘렀다.

"친구, 너 정말 유능한 사냥꾼이 되었구나! 내 평생 이렇게 멋진 사격은 처음 봐. 정말이야."

비요르켄은 올슨이 무의식적으로 내지르는 비명에 해석을 늘어놓았다. 그는 평소 인간의 감정 표현에 관심이 많았다. 올슨이 처음 내지른 비명은 놀라움의 표현이었다. 그다음은 고통의 표현이었고, 갈고리를 피해 뱃전을 뛰어넘으며 내지른 비명은 달콤한 안도감의 표현이었다.

"올슨이 바다에 빠졌어." 비요르켄이 말했다. 그는 무의식중에 일어난 인간의 감정 변화에 경이로움을 느꼈다. 그가 교활한 미소를 지으며 라스릴의 어깨를 다정하게 토닥였다. "라스릴, 넌 정말 훌륭한 사격수야. 나도 너보다 잘하지는 못했을 거야."

배 위의 분위기는 말도 못 하게 굳어 있었다. 놀란 부선장과 선원이 선장을 찾아 바닷속을 수색했고, 여행객들은 두려움에 휘둥그레진 눈으로 돌처럼 자기 자리를 지켰다. 잠시 후, 올슨이 격노한 바다코끼리처럼 "푸우" 하며 수면 위로 고개를 내밀었다. 그러고는 해변까지 들릴 만큼 큰 소리로 물을 내뿜고 맹렬한 기세로 상갑판 난간을 붙잡았다. 그 바람에 요트가 기울어지며 물이 배 안으로 흘러들었다. 큰 키에 몸매가 호리호리한 여행객이 길길이 날뛰었다.

"저자가 배를 뒤집으려 하오. 이러다간 우리 모두 물에 빠질 것이오!" 그가 소리치며 놋좆을 움켜잡아 올슨의 손가락을 아프게 짓눌렀다.

"저 자식을 죽여." 올슨이 명령했다. "당장 죽여버려! 이건 명령이야!"

비요르켄은 낮짝에게 그 모든 광경을 상세히 묘사했다. "빌어먹을, 이렇게 재미난 광경은 처음이야. 부선장은 말없이 입만 벌리고 있고, 답답한 노인네가 일어났어. 쯧쯧, 달걀로 바위 치기지. 저게 무슨 꼴이람? 낮짝, 이렇게 재미난 광경을 보지 못하다니, 정말 유감이야. 야, 노인의 주먹이 올슨의 턱을 제대로 갈겼어. 한마디로 걸작이야. 내가 장담하는데, 밤참을 먹기 직전까지 저 키다리 얼간이는 너무 아파서 주먹을 펴지도 못할 거야. 하, 하."

올슨은 부선장의 도움으로 가까스로 배 위로 올라왔다. 그가 요트 뒤쪽에서 망부석이 되어버린 여행객들을 발로 걷어차고 키 밑에서 도끼를 꺼내 갈고리가 달린 밧줄을 끊었다. 그러고는 힘차게 노를 저어 베슬 마리호로 돌아갔다.

"비요르켄, 어떻게 할까요? 작별의 축포를 한 번 더 발사해야 할까요?" 라스릴이 물었다.

비요르켄은 퇴각하는 배를 바라보았다. 그가 천천히 고개를 저었다. "친구, 그것도 좋을 거야. 올슨에게 아직 감당할 힘이 남아 있어 보이거든. 하지만 좀 더 신중해야 할 것 같아. 역사에 길이 남을 순간이니까."

올슨 선장이 황동으로 만든 메가폰에 대고 육지에 남은 세 사내에게 항복을 선언했다. 비요르켄은 동료 둘과 어깨동무를 하고 신호 언덕으로 올라가 즐거운 마음으로 대참사의 결말을 구경했다. 올슨은 화가 잔뜩 나서 욕설을 퍼부으며 갑판 위를 서성였다. 닻이 오르고, 모터가 돌아가며 검은 연기가 솟구쳐 올랐다. 배는 반 바퀴를 회전해 피오르 입구를 향해 선미를 돌렸다. 사냥꾼들은 베슬 마리호가 산 너머로 사라진 다음에야 집으로 돌아갔다. 비요르켄이 화주와 크리스마스부터 보관해온 튀김과자를 내놓았다.

"모두 알겠지만," 그가 말했다. "엉덩이가 무거운 여행객들은 우리와 맞지 않아. 감독관이 왔을 때를 기억하지? 정말 힘들었잖아. 다행히 맛있어서 곰에게 잡아먹히긴 했지만."

비요르켄이 내놓은 튀김과자는 술에 담금질하니 먹을 만했다.

"몇 달 전, 모르텐슨 무전 기사로부터 전보를 하나 받았어. 한두 명의 여행객들이 우리 기지에서 여름내 머문다는 소식이었지. 순간, 난 최악의 상황이 올까 봐 걱정했어. 그래서 이런 계략을 꾸민 거야. 재앙에서 벗어나야 했으니까."

라스릴은 존경스러운 눈으로 기지 대장을 바라보았다. "비요르켄, 어떻게 이런 걸 다 생각했어요?"

"간단해, 친구. 예전에 우리가 만족감에 관해 토론을 벌인 적이 있지? 원하는 것과 영원히 채워지지 않을 욕망에 관해. 그때 화포 이야기가 나왔고, 그걸로 모든 문제가 풀렸어. 난 단지 문제를 해결할 임무를 네게 맡긴 거야. 네가 대포로 대형 사고를 칠 거라 믿었거든."

라스릴의 얼굴이 자부심으로 한층 밝아졌다. 그가 의자에서 일어나 비요르켄과 낮짝의 잔에 술을 채웠다.

"친구, 넌 오늘 네가 그런 임무를 맡을 자격이 있음을 멋지게 증명했어." 비요르켄이 말을 이었다. "물론 우리가 평화롭게 여름을 날 수 있게 된 건, 화포를 원하던 네 숨겨진 욕망과, 검은 머리 빌리암의 도움, 너에 관해서라면 전부 다 아는 나의 지혜 덕분이지만. 어쨌든 이번 일로 회사 대표와 올슨 선장은 깨달은 바가 있을 거야. 다음부터는 비요르켄보르의 사냥 기지에 시골로 휴가를 가는 여행객들을 보내지는 않겠지." 그가 다정한 눈으로 젊은 수습생을 바라보았다.

"라스릴, 이것으로 너의 화포에 대한 소망이 이루어졌어. 그래서 말인데, 원하는 게 또 뭐가 있지? 얼른 말해봐."

라스릴이 활짝 미소 지었다. "비요르켄, 뭔가를 바란다는 건 정말 재미있는 것 같아요. 새로운 소망을 찾아낼 수 있도록 앞으로 진지하게 생각해볼게요."

"친구, 우린 언제나 무언가를 원해. 그러니까 잘 생각해보도록 해."

낮짝이 한숨을 쉬며, 자리에서 일어나 석탄 양동이를 들고 조용히 밖으로 사라졌다. 청명하고 고요한 여름 밤이었다. 태양이 따뜻한 빛으로 대지를 어루만지고, 피오르에서 밀려온 파도가 가볍게 찰랑이며 해변을 핥았다. 낮짝은 별채 오두막 지붕 위에 누워서 안경을 벗어 아노락 주머니 안에 집어넣었다. 그리고 또다시 길게 이어질 비요르켄의 장광설에서 벗어난 것에 감사하며, 복된 미소를 입가에 걸고 평화롭게 잠이 들었다.

러시안룰렛

—
시판용 위스키 서른여덟 병에 마음을
빼앗긴 로이빅의 쓰라린 패배

크리스토퍼슨 가문의 삼대 자손인 샤를르 크리스토
퍼슨이 육지에 발을 내렸다. 선원 둘이 로스만의 오두막
앞, 드넓은 해변에 그를 내려놓고 힘껏 노를 저어 베슬
마리호로 되돌아갔다. 낡은 배는 그동안에도 연무를 내
뿜으며 모터의 작동을 멈추지 않았다. 올슨은 로이빅이
여행객을 받아들이지 않을까 봐 노심초사했다. 하선에
실패하면 여행이 그만큼 늦어지기 때문이었다.

올슨은 요트가 돛을 완전히 내리기도 전에 구슬픈 안
개 고동을 불어서 로이빅이 놀라 침대에서 튀어나오게 했

다. 올슨이 쌍안경을 눈에 가져다 대고 투덜댔다. 현관문이 열리고, 한 손에 등나무 실내화를 든 로이빅이 비틀거리며 밖으로 나왔다.

"젠장, 부선장, 난 정말 이러고 싶지 않았어. 로이빅은 내게 잘못한 게 하나도 없어. 몹쓸 짓을 한 건 오히려 똥통 같은 매스 매슨이지. 아, 다른 놈들은 패스할게. 말해봤자 무슨 소용이 있겠어."

부선장은 대답하지 않았다. 올슨과 생각이 같은 까닭이었다. 그 또한 크리스토퍼슨 가문의 삼대 자손인 샤를르 크리스토퍼슨을 로이빅의 집에 떨구고 가는 게 용서받지 못할 머저리 짓이라고 생각했다.

"대체 악마는 뭘 하지? 회사 대표의 가죽을 벗기지 않고? 놈이 하는 생각은 모조리 지랄 같아. 머리가 돌아도 우라지게 돌았어." 올슨이 씩씩대자 부선장이 동의의 뜻으로 고개를 끄덕였다.

로이빅은 잠든 사내를 발로 살짝 건드려보았다. 그리고 여행자와 함께 하선한 가방 두 개를 밀물 표시선에서 충분히 먼 곳으로 옮기고는 생각에 잠겨 황급히 만을 빠져나가는 낡은 배를 응시했다. 베슬 마리호의 이번 방문은 상당히 기이했다. 어쩌면 올슨에게 피치 못할 사정이 있는지도 몰랐지만, 무슨 내막인지는 그 자신이 알 터이니 다른 사람이 상관할 바가 아니었다. 로이빅은 바닥에 누워 곯아떨어진 사내를 살펴보았다. 그는 만취한 부랑자처럼 입을 커다랗게 벌린 채 코를 골고 있었다. 로이빅은 곤히 자는 사람을 깨우고 싶지 않았다. 피곤해서 쉬고 싶다면 그 또한 그의 문제일 뿐 로이빅의 문제는 아니었다. 게다가 그는 몇 시간만 지나면 잠에서 깨어날 수밖에 없었다. 곧 차가운 바닷물이 밀려와서 잠든 사내의 발을 적실 테니까.

집으로 돌아가며, 로이빅은 사내가 가져온 두 개의 가방에 대해 생각했다. 가방은 지독하게 무거웠고, 이동할 때마다 쨍그랑거리며 고무적인 소리를 냈다. 목마른 사내를 전달받은 걸까? 어쩌면 그럴지도 몰랐다. 그리고 그 목마른 사내는 심각한 알코올중독자일지도 몰랐다.

로이빅은 별채 오두막 지붕 위로 올라가 차분히 생각을 이어갔다.

사내가 진짜 술꾼이라면, 먼저 자기가 가지고 온 술을 마실 것이다. 그런 다음 로이빅의 증류주에 손을 댈 것이다. 술꾼들은 거의 다 갈증을 해소하기 위해서라면 물불을 가리지 않고, 자기 것과 남의 것을 구분 없이 탐했다.

로이빅은 직관을 따르기로 했다. 제일 안전한 방법은

잠든 사내가 정신을 차리기 전에 대비책을 마련하는 것이었다. 그리고 이런 경우 최선의 해결책은 기지에 알코올을 한 방울도 남기지 않는 것이다. 그러려면 사내의 가방을 훔쳐 안에 든 물건을 확실한 장소에 숨겨야 했다.

로이빅은 생각을 실행으로 옮겼다. 해변에서 가방을 가져다 들고 산으로 올라가 무력으로 자물통의 잠금장치를 풀었다. 첫 번째 가방에는 스코틀랜드 위스키 스물두 병과 다른 독주 스물한 병이 속옷 한 벌과 양말 세 켤레 사이에 끼어 있었다. 로이빅은 술병을 한 줄로 정렬하고, 열병식에 참석한 정예부대의 총사령관처럼 쭉 늘어선 술병 앞을 서성였다. 오후의 희미한 햇빛 속에서 가지런히 놓인 술병이 황금빛으로 영롱하게 반짝였다. 아름다운 광경이었다. 하지만 감상만으로는 배가 부르지 않았다. 그는 줄지어 선 술병 중에서 최고의 위스키를 골라 병마개를 따고, 마음껏 음미하고 싶은 강렬한 욕구를 느꼈다. 그는 욕망과 행동 사이의 거리가 먼 사람이 아니었기에, 그 즉시 무릎을 꿇고 마개를 비틀어 술병을 입에 가져다 댔다. 황홀한 맛에 스르르 눈이 감겨왔다. 그는 마개를 비틀어 닫기 전까지 세 차례에 걸쳐 병에 든 내용물을 들이켰다. 그러고는 그제야 결심이 선 듯, 커다란 바위틈 사이로 술병을 하나씩 집어넣었다.

로이빅은 맛 좋은 친구들을 모두 안전한 곳에 대피시킨 뒤, 납작한 돌덩이를 지하 저장소 위에 올려놓았다. 빈 가방은 바다로 멀리 던졌다. 바다가 가방을 무인 지대로 데려가리라. 그는 정의로운 일을 했다는 생각에 기분이 좋아져서 크리스토퍼슨 가문의 삼대 자손인 샤를르 크리스토퍼슨이 잠에서 깨어나 자신을 기다리고 있을 해변으로 돌아갔다.

16일간 쉬지 않고 만취할 때까지 마신 사람이 혼자서 기력을 회복하는 일은 거의 드물었다. 젊은 크리스토퍼슨의 경우도 마찬가지였다. 그의 몸은 바닷물이 밀려와 무릎을 깨문 때에야 생명이 다시 깃들기 시작했다.

부활은 세 단계 과정을 거쳤다. 첫 번째는 비교적 순수한 무의식의 발현이었다. 샤를르는 선녀처럼 예쁜 동양 미녀가 나오는 달콤한 꿈을 꾸었다. 꿈을 꾸는 내내 용연향 위스키와 신선한 포도주 맛이 나는 라인강물과 시냇물이 그에게 양분을 공급했다. 두 번째 과정에서는 천국에서 지옥으로 내동댕이쳐졌다. 알코올중독에 의한 섬망 증세였다. 지옥에 떨어진 그는 두서없이 야유를 퍼부었다. 사시나무처럼 온몸을 떨고, 사막처럼 뜨거워진 입은 메마른 모래로 채워졌다. 고개를 돌리고 싶었지만 꼼짝할 수 없었다. 증상이 심해지자, 그는 광인처럼 모래더미 위에 계속 머리를 찧었다. 외설적인 여자들과 라인강의 백포도주에서 벗어나기 위해 필사적으로 몸부림쳤다. 그리고 마침내 절망의 심연 속에서 바닥을 치는 순간이 찾아왔다. 세 번째 단계는 모두 포기하고 냉혹한 현실로 복귀하는 것이었다. 그는 초인적인 힘으로 눈꺼풀을 반쯤 들어 올리고, 풍경에 초점을 맞추려 애썼다. 하지만 끔찍한 공포감이 그를 사로잡았다. 샤를르는 다시 눈을 감았다. 순간, 극심한 현기증이 일며 순식간에 그는 거대한 검은 구멍 속으로 빨려 들어갔다. 그런데 끝없는 심연 한가운데로 내동댕이쳐지던 찰나, 그가 위로 튀어 올랐다. 샤를르는 공포감에 신음했다. 불안에 떨며 눈을 뜨자, 덥수룩하게 수염을 기른 사내가 보였다. 로이빅이었다. 사내의 파란 눈이 경멸하듯 그를 내려다보고 있었다.

"염병할, 여기서 뭐 해! 얼른 일어나. 서두르라고, 이 게으름뱅이야!"

사내가 쩌렁쩌렁 울리는 목소리로 말했다.

로이빅의 말은 총알처럼 샤를르의 머리에 박혀 요란한 효과를 냈다. 샤를르는 애원하는 목소리로 속삭였다. "조금만 조용히 말해줘. 나는 상태가 안 좋아."

로이빅은 여행자가 설 수 있게 도왔다. 하지만 그는 다리를 후들거리며 일어서지 못했다. 로이빅은 샤를르를 등에 메고, 집으로 돌아와 창문 아래 벤치에 내려놓았다.

크리스토퍼슨 가문의 삼대 자손인 샤를르 크리스토 퍼슨은 흉한 상태로 사흘을 보냈다. 처음에는 끔찍한 경련을 일으키며 위장에 남은 액체를 쏟아냈다. 위를 비운 뒤에도 같은 경로로 내장까지 빼내려는지 연신 구역 질을 해댔다. 잠시 일시적 소강상태가 찾아왔다. 정신이 들자, 그는 떨리는 목소리로 로이빅에게 건배하게 해달 라고 애원했다. 로이빅은 술을 내줄 생각이 전혀 없었다. 그가 단호히 고개를 저었다. 그리고 샤를르가 비참하게 쓰러져 있는 벤치에서 매정하게 등을 돌리고 앉아 황동 으로 만든 화덕 슬로프 위에 두 발을 올렸다. 이튿날, 샤를르는 극심한 오한에서 벗어났다. 로이빅은 그것을 기력이 회복되고 있는 좋은 신호로 받아들였다. 샤를르 는 이따금 이를 사납게 갈았다. 그래서 로이빅은 조용히 신문을 읽으러 밖으로 나가야 했다. 그에게 신문을 읽 는 일은 일상을 구성하는 중요 요소였다. 그는 충직한 개 라반이 무지개다리를 건넌 뒤, 기분 전환을 위해《렘 비그 폴케블라드》를 1년 치나 구매했다.《렘비그 폴케 블라드》는 조악한 지역신문이었다. 게다가 그가 사들 인 것 모두 작년에 발행된 철 지난 기사였다. 그래도 로이빅은 매일매일 오늘 일자의 전년도 신문을 샅샅이 훑었다. 1년 전의 기사라서 신선도가 떨어지기는 했지만 상관없었다. 그는 이미 여러 해 전에 문명화된 세상에서 떨어져 나와서 사소한 일에 미련을 갖지 않았다.

셋째 날, 크리스토퍼슨 가문의 삼대 자손인 샤를르 크리스토퍼슨이 불편한 자세로 의자에 누워 아기처럼 자며, 활짝 열린 창밖으로 체내에 남은 마지막 알코올성 기체를 뿜어냈다.

넷째 날, 그는 일어서려다가 깜짝 놀랐다. 두 다리가 몸을 거의 지탱한 까닭이었다. 그는 로이빅이 고심해 만든 살미공디*를 고분고분 받아먹고, 무알코올 샘물을 마셨다. 식사하는 동안에는 한마디도 하지 않았다. 로이빅은 이런 모습이 정상이라고 생각했다. 심각한 만취 상태에서 이제 막 벗어난 사람들은 대부분 할 말이 없었다.

그 저녁, 로이빅은 삼류 신문의 마지막 줄까지 남김없이 읽고 벽에서 총을 떼어내 산탄 다섯 알을 장전했다. 그리고 장전한 총을 식탁 위로 던져 샤를르에게 건넸다.

———

* 찌꺼기 고기로 만든 스튜의 일종, 잡탕.

그가 말했다.

"따라와."

두 사람은 해안을 따라 걸었다. 썰물에 바닷물이 빠진 해변은 얼음으로 가득했다. 검은색 얼음덩이는 오래되어 화강암처럼 단단했고, 피오르의 균열 속에서 흰 얼음 결정체가 빛을 받아 반짝였다. 조각한 듯 기괴한 모양의 파란색 반투명 얼음덩어리도 있었다. 얼음이 만든 조각 중에는 높낮이가 다른 탑이 여러 개 있는 성도 있고, 인간과 동물의 머리를 닮은 것도 있었다. 몇몇 보랏빛 얼음덩어리는 버섯 모양이었고, 어떤 것은 코가 기다란 코끼리를 연상시켰다.

로이빅은 형형색색의 얼음조각 사이로 몇 킬로미터를 걸어서 산을 오르기 시작했다. 크리스토퍼슨 가문의 삼대 자손인 샤를르 크리스토퍼슨은 가쁜 숨을 몰아쉬며 솜처럼 물렁물렁한 다리를 끌고 그의 뒤를 따랐다. 로이빅은 뒤돌아보지 않고 걸음을 재촉했다. 고도가 높아질수록 두 사람 사이의 거리가 벌어졌다. 샤를르는 앞서 걷는 로이빅을 놓치지 않으려 연어 빛깔 코를 쉼 없이 벌렁거렸다. 검은 성벽처럼 사방이 산으로 둘러싸인 협곡 끝에 이르러서야, 그는 로이빅이 사라졌다는 사실을 알고 큰 소리로 로이빅의 이름을 불렀다. 하지만 그 소리는 곧 겁에 질린 산토끼의 울음으로 바뀌었다. 그래도 로이빅은 대답하지 않고, 등반을 계속해 로스만과 그린란드 바다만이 한눈에 보이는 정상까지 올라갔다. 저 멀리 아름다운 풍경 속으로 파리똥처럼 작아진 크리스토퍼슨 가문의 삼대 자손 샤를르가 보였다.

로이빅은 만족감에 입술을 삐죽거리며 머리를 끄덕였다. 사실 그는 며칠 전부터 무기력한 인간을 소생시키는 프로그램을 시작했었다. 작은 페데르센이 교육을 마치고 한 달 만에 소심한 수예점 점원에서 어엿한 사냥꾼으로 변모했을 때 사용한 것과 같은 프로그램이었다. 말썽꾸러기 술꾼에게도 통하지 않을 이유가 없었다.

고강도의 치료법이었지만, 로이빅은 프로그램을 강행하며 샤를르를 걱정하거나 측은해하지 않았다. 샤를르가 동물이었다면, 물론 다르게 행동했을 것이다. 아픈 동물을 가슴에 안고 슬퍼하며 꾸준히 보살폈을 테니까. 하지만 크리스토퍼슨 가문의 삼대 자손인 샤를르 크리스토퍼슨은 일개 인간에 불과했다. 그리고 모두 알다시피, 로이빅은 동물과 다른 방식으로 인간을 사랑했다. 내면이 무너져 영혼이 궁핍해진 사람은 혼자 힘으로 이겨낼 수밖에 다른 도리가 없다. 빌어먹을 일이지만, 로이빅은 그렇게 믿었다.

한참이 지나서야 샤를르는 로이빅의 그림자를 발견했다. 저 멀리 청명한 하늘을 배경으로 건들거리며 산꼭대기에 선 로이빅이 보였다.

"기다려, 얼른 갈게!"

샤를르가 소리쳤다. 그는 젖 먹던 힘까지 짜내 빠른 속도로 정상을 향해 올랐다. 마침내, 로이빅이 있으리라고 확신한 장소에 이르렀다. 하지만 그곳은 텅 비어 있었다. 첩첩산중이었다. 로이빅은 어느새 건너편 정상까지 이동해 있었다. 로이빅은 샤를르가 지쳐 포기할 때까지, 같은 방식으로 방문객을 야생의 자연 깊숙이 유인했다. 마침내 샤를르는 숨을 헐떡거리며 히스밭 속에 쓰러졌다. 붉은색 부유물이 망막 앞을 떠다니고, 입안에서 지독한 피 냄새가 났다.

로이빅은 산꼭대기에서 투쟁에 뛰어든 사내를 내려다보았다. 샤를르를 위해 그가 할 수 있는 일은 이제 없었다. 자연이 바통을 넘겨받을 것이기 때문이었다. 사막과도 같은 북극의 장엄한 자연 속에서 홀로 휴가를 보내다 보면, 영혼이 겸허해지고, 생각이 깊어진다. 따라서 저 아래서 사지를 뻗고 누운 가엾은 어린양도 이제 위스키를 비롯한 세속적인 유혹에서 벗어날 것이다. 로이빅이 그를 다시 데리러 오기 전까지, 오로지 생존의 문제에 집중할 것이다. 로이빅은 샤를르가 혼자서도 별 탈 없이 그 일을 해내리라고 믿었다. 샤를르는 젊고 건강도 양호했다. 게다가 먹잇감을 구할 총도 있고 총에는 산탄이 다섯 알이나 들어 있었다.

로이빅은 홀가분한 마음으로 오두막으로 돌아갔다. 콧노래를 흥얼거리며 커피를 끓이고, 화주를 마시고, 내일 자 신문을 미리 훑어보았다. 내일은 일요일이었고, 일요신문은 주중보다 두 배 더 두꺼웠다.

평화로운 일요일 아침이었다. 로이빅은 강가에서 겨우내 입은 옷을 세탁하며 아침나절을 보냈다. 그는 늘 1년에 두 번 속옷을 빨았다. 봄이 와 얼음이 녹으면 팬티와 양모로 된 내복을 벗어 세탁하고, 그때부터 그것을 여름옷이라고 불렀다. 가을에는 피가 굳는 걸 느끼며 살얼음이 낀 강물에 손을 담그고 벗은 옷을 세탁했고, 그때부터 그것을 겨울옷이라고 불렀다. 파란색 스웨터와 선원 바지에는 거의 신경 쓰지 않았다. 끈적끈적한 오물에 옷이 오염된 경우에도 칼로 긁어내는 것으로 만족했다. 그에게는 이것이 더위를 이길 최상의 방법이었다.

뜨거운 태양 아래서, 가장 단순한 도구를 사용해, 위

에서 언급한 방식으로 거무튀튀한 속옷을 문질러 하얗게 만드는 동안, 샤를르 크리스토퍼슨의 위스키 맛이 슬며시 머릿속에 떠올랐다. 생각을 다른 곳으로 돌리기 위해 로이빅은 입맛을 다시며 속옷을 문지르는 손에 압력을 가했다. 샤를르는 지금 보름달 아래서 울부짖는 여우처럼 괴성을 지르며, 사막 같은 풍경 속을 야만인처럼 달리고 있을 터였다. 그에게는 무척 고된 수업이겠지만, 필연적으로 거쳐야 할 과정이었다. 순대 같은 그 자식을 가방 두 개와 함께 기지에 두었다면, 놈은 분명 유감스러운 일이 일어날 때까지 술을 퍼마셨을 테고, 로이빅은 다가올 겨울을 위해 판매용 위스키 마흔세 병을 비축하지도 못했을 터였다. 그야말로 큰 재앙이었다.

따라서 모든 일은 최상을 향해 가고 있었다. 그것을 증명하려는 듯 태양은 눈부시게 반짝였고, 꿀벌들은 붕붕거리며 작은 꽃에서 꿀을 모았다. 피오르에는 반들반들 윤기가 흘렀고 하늘도 더없이 파랬다. 모두 영혼의 치유에 도움이 되는 것들이었다. 크리스토퍼슨 가문의 삼대 자손인 샤를르는 영혼을 치유하기 위한 길을 걷고 있었고, 위스키 마흔세 병은 어두운 북극의 밤을 위해 안전하게 숨겨져 있었다.

로이빅은 팬티의 물기를 짜내고 히스밭에 널었다. 그

리고 빨래 옆에 대자로 누워 햇볕에 벌거벗은 몸을 덥혔다. 살짝 졸음이 오며 기분 좋은 생각이 밀려들었다. 그는 먼저 '향기'에 대해 생각했다. 그러자 감춰둔 위스키 생각이 났다. 무슨 일이 있더라도 그 향기는 로스만의 권한 내에 있어야 했다. 그러기 위해 그는 해야 할 일을 했고, 샤를르도 교육을 마친 후에는 술에 관해 물어볼 리가 없을 터였다. 범접할 수 없는 대자연 속에 홀로 버려지는 것은 극복하기 힘든 시련이다. 그런 일을 겪은 뒤, 사라진 가방 두 개 따위에 연연할 사람은 없었다. 샤를르도 마찬가지였다. 그는 분명 다른 일에 몰두할 것이다. 충격적인 체험은 인간에게 남아 있는 삶을 살아갈 힘을 준다. 이것은 인간 모두에게 공통으로 적용되는 율법이며, 그 지엄하고도 위대한 힘이 이제 샤를르를 통해 증명될 것이었다. 처음에는 샤를르도 페데르센처럼 공포감에 휩싸여 주변을 둘러볼 터다. 있지도 않은 피조물을 찾아 길을 헤맬 것이고, 탈진해 쓰러질 때까지 짐승처럼 울부짖을 것이다. 그리고 신의 가호 아래, 꿈도 없는 잠 속으로 빠져들 것이다. 요새화된 자기만의 진지에서 과감히 빠져나와, 열정적으로 삶과의 투쟁에 뛰어들 힘을 줄 길고 긴 잠 말이다.

로이빅은 길게 누워 여름의 강이 부르는 평화로운 노

래에 귀를 기울였다. 어쩌면 그는 그대로 단잠에 빠질 수도 있었다. 해괴한 생각이 눈꺼풀을 잡아당기지만 않았어도 말이다. 도대체 왜 이러지? 모든 일이 최상을 향해 가고 있으니 걱정할 이유가 없는데도 로이빅은 정체를 알 수 없는 불안감에 휩싸였다. 이상한 일이었다.

갑자기 로이빅이 눈을 부릅뜨고 고개를 쳐들었다. 그는 뇌가 없는 눈사람처럼 멍한 눈으로 밀가루를 씌운 듯 희멀건 몸뚱이를 바라보았다. 그때, 끔찍한 생각이 뇌리를 스쳤다. 로이빅은 번개처럼 재빨리 떠오른 생각을 분석했다. 그러자 머릿속에만 들어 있던 생각이 가혹한 현실로 바뀌기 시작했다. 그는 신음하며 몸을 일으키고 등나무 신발 속으로 발을 집어넣었다. 그리고 사냥꾼에 쫓기는 토끼처럼 산을 향해 달리기 시작했다.

잠시 후, 로이빅의 걱정에 근거가 있었음이 밝혀졌다. 크리스토퍼슨 가문의 삼대 자손인 샤를르 크리스토퍼슨은 순진하게 혼자 산속을 달리며 미치광이처럼 고함이나 지를 사람이 아니었다. 그는 행복한 미소를 지으며 이끼로 뒤덮인 납작한 바위 위에 누워 있었다. 손에는 반쯤 비운 위스키병이 들려 있었고, 지하 저장소는 이미 파헤쳐진 뒤였다. 로이빅의 시선이 한 줄로 길게 늘어선 마흔한 병의 위스키로 옮겨 갔다.

로이빅은 무릎을 꿇고, 샤를르 크리스토퍼슨과 술병을 번갈아 보았다. 샤를르가 마흔한 번째 술병을 건넸다.

"오늘은 날씨가 너무 더워, 아니야?" 그가 경쾌한 목소리로 말했다. "어제보다 덥잖아, 아니야?" 샤를르는 장난꾸러기 같은 얼굴로 벌거숭이가 된 채 고개를 끄덕이는 로이빅을 바라보았다.

"잔을 좀 가져오지." 그가 말을 이었다. "병째 마시면 무식해 보이잖아."

로이빅은 할 말을 잃고 또다시 고개를 끄덕였다. 그리고 긴 겨울을 달콤하게 해주리라 믿어온 술병에서 오랫동안 시선을 떼지 못했다. 술병을 채우고 있던 액체는 배수구로 쓸려간 빗물처럼 이미 사라지고 없었다. 로이빅이 목을 긁으며 살짝 쉰 목소리로 말했다.

"옛날에 너 같은 사람이 여기 온 적이 있어." 위스키 한 모금에 한결 맑아진 목소리로 그가 말을 이었다. "헬메르라는 이름의 사내였어. 그도 너처럼 후각이 뛰어났지. 예를 들면 이런 거야. 밸프레드가 핌불에서 술을 증류해 병에 옮겨 담을 때마다, 헬메르는 마지막 병마개가 닫히는 순간에 정확히 핌불에 도착했어. 큰 키에, 말랐고, 슬픈 놈이었지. 그런데 그에게는 비밀이 하나 있었어."

"비밀?" 크리스토퍼슨 가문의 삼대 자손인 샤를르가

흥미롭다는 듯 로이빅에게로 시선을 돌렸다. "어떤 비밀이었는데?"

"헬메르는 자기에게 그런 비밀이 있다는 것도 몰랐어. 그래서 영원히 손에서 술을 떼지 못했어." 로이빅은 몰래 트림을 하고, 다시 목을 축였다. "비요르켄이 비밀을 누설한 다음에야 헬메르는 우리처럼 세련된 방식으로 술을 마시기 시작했어."

"비밀이 뭐였냐니까?"

코에 붙은 애벌레를 떼어내며 샤를르가 물었다.

"비밀은 그가 알코올중독자라는 거였어. 하지만 녀석은 자기가 그렇다는 것도 깨닫지 못했어. 마음속으로는 그럴까 봐 늘 걱정하면서." 로이빅은 샤를르에게 시선을 고정했다. "내가 상관할 바는 아니지만, 나는 네가 헬메르와 같은 비밀을 갖고 있다고 생각해. 알아?"

샤를르가 고개를 끄덕였다. "당연히 알지! 안 그러면 내가 왜 여기서 술을 마시고 있겠어, 안 그래? 로이빅, 이건 우리 집안 대대로 이어오는 전통이야. 처음에는 할아버지였고, 그다음은 아버지였고, 지금은 나지."

"네 비밀은 그게 아니야." 갑자기 떠오른 영감에 이끌려 로이빅이 반박했다. 위스키가 혈액순환을 빠르게 하고, 생각을 크리스털처럼 명료하게 했다.

"비밀이 뭔지 예감하고는 있겠지만, 그렇다고 네가 아는 건 아니야. 헬메르처럼 말이지. 그는 하우나에 쓸데없는 말을 적어 붙이며 시간을 허비했어. 문 위에는 '헬메르, 너는 돼지야'라는 말을 붙였고, 벽장 안에는 '헬메르, 술병을 버려, 이 가엾은 놈아'라는 말을, 침대 위에는 '헬메르, 네 간은 어제보다 오늘 농도가 더 진해졌어'라는 말을 써 붙였어. 녀석은 그런 식으로 짧은 글귀들을 사방에 붙이고 다녔어. 하지만 정작 자신이 알코올중독자라는 사실은 전혀 인정하지 않았어."

샤를르가 고개를 저었다. "어떤 건지 알겠어. 하지만 로이빅, 난 할 수 있는 게 없어." 그가 탄식했다. "룰렛 같은 거거든. 러시안룰렛."

"염병." 로이빅이 곤혹스러운 표정을 지었다. "러시안룰렛이라고 했어? 들어본 기억이 있어."

크리스토퍼슨 가문의 삼대 자손인 샤를르는 꿈꾸는 얼굴로 로이빅을 응시했다. "러시안룰렛은 테이블 위에 칸이 여섯 개 있는 커다란 회전 장치야. 회전판이 멈춰서 누군가를 겨냥할 때까지 돌아가지. 그게 전부야. 한바탕 놀고 난 다음에는 '다시 봐요, 고마워요' 하고 모두 자리를 뜨니까. 그래서 할아버지는 알코올중독으로 돌아가셨고, 아버지도 같은 이유로 세상을 떠났어. 이게 우리

가족의 전통이야."

로이빅이 연민 어린 눈으로 샤를르를 바라보았다. "조상과 같은 길을 갈까 봐 무서워서 술을 마시는 거야?"

"그렇게 생각해?" 샤를르가 집게손가락을 작은 코 위에 올려놓고 천천히 고개를 저었다. "아니야, 내가 술을 마시는 건 러시안룰렛의 이름에 걸맞은 놈을 찾아내지 못했기 때문이야. 로이빅, 우리 시대에는 시시하고 겁 많은 영웅밖에 없어. 위대한 노름꾼의 시대는 끝났고, 지금은 테이블 위에 술병만 가득하지."

"그렇다고 생명을 걸어?" 로이빅이 반박했다. "그건 너무 극단적이야."

"그래? 그럼 넌 다른 어떤 놀이를 하고 싶은데? 내 말은 생명 외에 네가 가진 게 뭐냔 거야. 다른 자잘한 것들은 다 가짜일 뿐이야. 하지만 로이빅, 삶은, 그리고 죽음은 오로지 너의 소유야. 네가 주인이니까. 그런데 그거 말고 다른 뭘 걸고 내기해야 하지?"

로이빅은 술병의 4분의 1을 비우며 숙고의 시간을 가졌다.

"그러니까, 네 말은…… 그래서 술을 마신다고?"

"응." 말을 마친 뒤 샤를르는 술을 한 모금 들이켜고, 빨간색 바둑무늬 손수건으로 입술을 닦았다. "술에 취하면 매일 부딪치는 가엾은 모리배들을 잊을 수 있어. 취하면 너 같은 놈도 꽤 매력적으로 보이니까."

로이빅은 한동안 시판되는 위스키를 마시지 못했었다. 이에 그의 머리는 대담한 생각을 하기 시작했다. 그가 천천히 술병 수를 셌다. 서른네 병째에 이른 때였다. 다급한 목소리로 그가 입을 열었다.

"그렇게 원한다면 한번 해보면 될 거 아니야, 안 그래? 저 아래 오두막에 낡은 리볼버 권총이 하나 있어." 그가 말했다.

샤를르는 술을 병째 들이켜다가 사레에 걸려 거칠게 기침했다. 로이빅은 호흡을 정상으로 되돌리려고 청년의 등을 세차게 두드렸다. 기침이 멈추자 샤를르는 눈을 번득이며 로이빅을 쳐다보았다. 그의 눈은 닐스를 잡아먹은 할보르의 눈과 매우 닮아 있었다.

샤를르가 술병을 내려놓고 두 손을 문질렀다. "정말로 그러길 바라?"

로이빅이 고개를 끄덕였다. "하지만 몇 가지 조건이 있어." 그가 말했다. "각자 딱 한 발만 쏘는 거야. 네가 죽으면 내가 이 술의 주인이 되고, 둘 다 총에 맞아도 술은 내 거야. 하지만 불의의 사고가 일어나 내가 만약 카미크를 벗게 되면, 그때에는 네가 알아서 술을 처리하도록 해. 죽어서는 나도 술을 마실 수가 없으니까."

크리스토퍼슨 가문의 삼대 자손인 샤를르의 얼굴에 행복한 미소가 피어올랐다. 그가 흥분해 소리쳤다. "좋아. 로이빅, 당장 총을 가져와!"

그래서 로이빅은 벌거벗었다는 사실도 잊은 채, 낡은 리볼버 권총을 가져오려고 서둘러 산에서 내려갔다.

납작한 바위 양쪽에 두 사내가 자리를 잡자 엄숙한 분위기가 한결 고조되었다. 두 사람 사이에서 햇볕을 받아 반짝이는 리볼버는 바다코끼리의 머리도 문제없이 터뜨릴 만큼 무겁고 튼튼한 총이었다. 사용감에 반들반들 윤이 나는, 말하자면 악천후에 길이 든 총이기도 했다. 샤를르는 여러 해 동안 곰에 맞서 자연스럽게 환경에 길든 낡은 권총을 보고 감탄했다.

"멋진 총이야." 그가 감동해서 속삭였다. "할아버지는 기병대의 총을 사용했고, 아버지에겐 얼굴이 납작한 브라우니가 있었어. 내가 꿈꿀 수 있는 모든 걸 넘어서는 훌륭한 총이었지. 요놈처럼 진짜 리볼버 권총이었거든."

로이빅이 불안한 듯 신경질적으로 침을 삼켰다. "샤를르, 네가 먼저 해. 그런데 너 혹시 자식이 있어?"

"아니, 나한테서 우리 가족의 대가 끊겼어. 크리스토

퍼슨이라는 성을 가진 사람은 이제 없을 거야. 그런데 장전
은 했어?"

로이빅은 바위 위에 놓인 상자에서 산탄 한 알을 꺼내
탄창에 끼웠다. 그러고는 여러 차례 탄창을 돌리고 리볼
버를 바닥에 내려놓았다.

"준비되었어." 그가 중얼거렸다. 샤를르는 행복하게
웃으며 리볼버를 회전시켰고, 로이빅은 펄쩍 뛰었다.

"잠깐만……." 그가 흥분한 마음을 가라앉히러 주
변에 널린 월귤나무 덤불 속으로 사라졌다. 이마가 식
은땀으로 흥건했다. 로이빅은 피오르를 응시했다. 그때
였다. 그는 자기가 얼마나 이곳을 사랑하는지 깨달았
다. 그리고 그 마음이 영원히 변하지 않으리라는 사실도
알았다. 로이빅은 죽고 싶지 않았다. 특히 이런 일로 세
상을 하직하고 싶지는 않았다. 총에 산탄 대신 코르크
마개를 장전하기는 했지만, 코르크라고 해서 이마에 심
각한 구멍을 내지 말란 법은 없다. 갑자기 비통한 마음
이 들었다. 미친놈을 치료하려고 자기 이마에 구멍을 내
야 했기 때문은 아니었다. 그보다는 오히려 시판되는 술
서른아홉 병을 잃게 될까 봐 분해서였다.

께름칙한 기분에 돌 테이블로 되돌아가고 싶은 마음
이 일지 않지만, 로이빅은 고개를 저었다. 마침내 결심

한 듯, 그가 굳은 얼굴로 샤를르에게 돌아갔다. 그 즉시 샤를르는 리볼버를 엄지와 검지 사이에 끼우고 돌리기 시작했다. 리볼버는 장난감처럼 빙빙 돌다가 속도를 늦추더니 로이빅을 향해 총구를 들이댄 채로 멈추었다. 로이빅은 떨리는 손으로 리볼버를 받아 들고 이마에 가져다 댔다. 그러고는 탐욕스러운 눈으로 술 서른아홉 병을 바라보며 검지를 접었다. 총이 발사되었다.

상상했던 것보다 부딪치는 소리가 훨씬 컸다. 로이빅은 자기가 아직 건재하다는 사실에 무척 놀랐다.

"브라보!" 크리스토퍼슨 가문의 삼대 자손인 샤를르 크리스토퍼슨이 외쳤다. "젠장, 로이빅, 너 같은 사내는 처음 봐. 정말 굉장해. 악수를 청해도 될까?"

로이빅은 멍청하게 웃으며 손을 앞으로 내밀었다. 차갑게 메마른 샤를르의 손에 비하면 그의 손은 땀에 흠뻑 젖어 있었다.

"이제 내 차례야." 샤를르가 기운차게 말했다. "총을 줘."

로이빅은 리볼버를 맞은편 바위로 밀었다. 샤를르는 아무 일도 아니라는 듯 총을 태연하게 머리로 가져갔다. 활짝 웃으며 그가 말했다. "할아버지는 모든 걸 망치는 사람이었어. 뭐든 거꾸로 했으니까. 그러고는 총알 다섯 개를 모두 장전했다고 믿었어. 하지만 아니었어. 하나가 비어 있었었거든. 하, 하." 그의 눈이 니스 칠을 한 듯 번쩍였다. "이건 우리 가족의 전통이 될 거야, 하, 하."

로이빅도 웃었다. 그는 생과 사의 문제를 두고 허세를 부리는 샤를르가 재미있다는 생각이 들었다.

샤를르는 리볼버를 들창코 위로 들어 올리고 눈을 검은 아가리에 고정했다. "전통은 영원히 지켜져야 해. 그래서 아까 네가 마음을 비우러 잠시 자리를 떴을 때, 가족의 전통에 따라 난 총을 다시 장전했어. 로이빅, 네가 나를 그리워하지 않기를 바라, 하, 하. 안녕, 그동안 고마웠어!"

로이빅이 미처 저지할 사이도 없이, 샤를르는 미간에 대고 총을 쏘았다. 총알구멍은 로이빅의 것보다 훨씬 컸다. 쓰러지는 샤를르의 머리 위로 그때까지 가려져 있던 풍경이 모습을 드러냈다.

로이빅은 크리스토퍼슨 가문의 삼대 자손인 샤를르 크리스토퍼슨을 술병을 숨겨놓았던 협곡에 묻었다. 이어 납작한 바위로 무덤을 덮고, 술병으로 장식했다.

그러고는 잠시 생각에 잠겼는데, 그가 이마에 대고 검지를 접어 총을 발사한 순간, 리볼버 속에 이미 실탄 다섯 개*가 들어 있었다는 생각이 들었다. 순간, 두려움에 몸서리가 쳐졌다. 로이빅은 전사자의 무덤 위에서 술병 하나를 꺼내 목을 축였다. 손떨림이 멈추었다. 그가 술병을 팔에 끼우고 강으로 내려왔다. 깨끗하게 빨아 넌 옷가지는 어느새 햇살에 바짝 말라 있었다. 그는 옷을 주워 입고 집으로 돌아왔다. 그리고 종이와 연필을 들고 별채 오두막 지붕 위로 올라가 회사 대표에게 보낼 상세한 보고서를 쓰기 시작했다. 크리스토퍼슨 가문의 삼대 자손인 샤를르 크리스토퍼슨의 마지막 여정을 기리기 위해서였다.

---

* 리볼버는 탄실이 여섯 개가 있다.

자유로운 착용자

—

혹은 왕립 배우 발데마르 한센의 마
지막 역할

왕립 배우 발데마르 한센은 일흔의 나이에 조카딸을
얻었다. 이 일로 그는 20년은 젊어 보였고, 그린란드로
짧은 여행을 떠나겠다던 오랜 꿈을 이루었다.

발데마르 한센은 덴마크가 최초로 낳은 대배우였다.
덴마크는 수 세기 전부터 북극권 일대를 소유해왔고,
한센은 북극의 영웅 역할을 완벽하게 연기하고 싶어 했
다. 그런데 질척이는 덴마크의 지질 속에서는 그 꿈을
절대로 이룰 수가 없었다.

그해 여름, 배우와 그의 조카딸은 사냥 회사 대표에

게 적지 않은 금액을 지불하고 낡은 배의 승객 명단에 이름을 올렸다. 그리고 보급품을 실은 배와 함께 그린란드 북동부를 향해 항해를 시작했다.

아그네트는 발데마르 한센의 진짜 조카딸은 아니었다. 한센에게 조카가 있었다면 분명 나이가 비슷했겠지만, 아그네트는 정오의 악마와 손잡은 늙은 남자들이 환호하는, 조카딸 역에 꼭 맞는 여자였다. 그녀는 노르웨이의 차가운 아름다움을 선물받았다. 왕립발레단의 무용수로, 두 번째 열에 서기 위해 호시탐탐 기회를 엿보다가 쥐꼬리만 한 월급과 평발, 척추 손상이라는 테러에 굴복당해 서른 살이 되던 해에 꿈을 접었다.

발데마르 한센의 삶은 변기에 올라앉다가 넘어져 다치는 바람에 급격하게 곤두박질쳤다. 그 일로 그는 외알박이 안경을 잃고, 심장병을 얻었다. 그리고 같은 날 저녁 세인트안느 광장에 있는 자신의 아파트에서 유혹에 넘어갔다. 아그네트는 이날 늙은 사내의 조카딸로 영원히 살겠다고 맹세했다. 무용수로 사는 삶을 일찍이 포기한 그녀는 발데마르 한센에게서 못다 한 꿈을 대신할 밝은 미래를 예감했다. 그리고 그린란드로 함께 여행을 떠나자는 한센의 제안을 즉석에서 받아들였다. 한센의 제안이 북극의 영웅 놀이를 하고 싶어 하는 노인의 망령일지라도, 그녀로서는 딱히 거절할 이유가 없었다. 어쩌면 사막과도 같은 북극의 땅에서 발데마르 한센이 청혼을 하는 꿈같은 일이 벌어질지도 몰랐기 때문이다. 더욱이 한센이라는 이름의 철자 중 e에 붙은 악상은 그가 평민이 아닌 귀족이라는 사실을 입증하는 것이었다.

두 사람은 게스 그레이브에 내리게 되었다. 그들은 그린란드 북동부라는 미지의 풍광 속에서 헤르베르트와 안톤과 함께 여름을 날 예정이었다. 여행객들에게 신물이 난 올슨 선장은 승객들을 가능한 한 빨리 하선시키려고 베가해협으로 가는 지름길을 찾았다. 그러나 베가해협으로 가는 길은 해안을 따라 표류하는 얼음 떼로 사방이 막혀 있었다. 얼음에 갇힌 채, 올슨은 배를 돌려 소피아해협으로 향했다. 그는 복잡한 피오르에서 잠시 항로를 착각했을 뿐이라고 자기 자신을 위로했다. 결국 이 노련한 뱃사람은 선체에 흠집 하나 안 내고, 스벤슨의 혹 아래에 기계를 멈추었다. 그리고 안개 고동을 불어 사냥꾼 두 명을 집에서 나오게 했다.

아그네트 한센은 기대에 차 정열적으로 해변을 향해 달려오는 사냥꾼 둘을 호기심 어린 눈으로 관찰했다. 헤르베르트와 안톤은 여행객들의 유입을 반대하지 않았다. 헤르베르트는 이제 갓 문명사회를 벗어난 사람들과 이야기를 나눌 생각에 몹시 즐거웠고, 안톤은 오랫동안 집필해오던 3부작의 마지막 권을 위해 여행객들로부터 영감을 얻을 수 있기를 기대했다. 믿음과 소망을 주제로 한 3부작의 1권과 2권은 이미 탈고한 상태였지만, 그는 작품의 완성도를 높이기 위해 3권을 자비에 할애하기로 했다. 안톤이 수많은 노트와 엄청난 양의 연필을 소모하며 밤샘 작업을 계속해 방대한 초안을 작성하는 사이, 헤르베르트는 양말을 신고 발뒤꿈치로 걸으며 작가에게 커피를 가져다주고 어깨 너머로 원고를 힐끔거렸다.

자비는 깨지고 싶어 하지 않는 단단한 개암나무 열매 같았다. 안톤은 영감을 얻으려고 차가운 처녀 엠마와 미얀마 사원의 무용수 마킨, 해외 상관에서 만난 처녀와의 감미로운 기억을 떠올렸다. 그러나 추억은 추억일 뿐, 어떤 것도 문학으로 이어지지는 않았다.

안톤은 방법을 찾기 위해 겨울의 절반을 머릿속을 파헤치며 보냈다. 사냥꾼 친구들에게 조언을 구해보기도 했지만, 사랑만큼이나 특별한 주제인 자비의 영역에 능통한 사람은 없었다. 여자 경험이 많은 검은 머리 빌리암이 누구보다 많은 말을 하기는 했다. 그러나 안톤이 보기에는 전부 다 진정한 사랑과는 거리가 멀었다. 밸프레드는 사랑이 여성의 요리 실력에 좌우된다고 주장했다. 그리고 여러 예를 들었지만, 빌리암의 경우와 마찬가지로 그의 이야기도 포기해야 했다. 결국, 지금까지도 여성에게 사랑이라는 감정을 느끼는 사람은 비요르켄 한 사람뿐이었다. 비요르켄은 여자들을 생각할 때마다 아직도 가슴이 뛰며, 그것이 한 여자 때문이라고 고백했다. 안톤이 자세히 묻자, 그는 문제의 처녀가 쇠네르보르*의 유명한 요리사 옌스 블라단과 결혼했고, 시아버지의 관을 짤 날을 기다리며 항구에서 비밀 매음굴을 운영한다고 털어놓았다. 비요르켄은 옌스 블라단에 관해서는 자세한 설명을 꺼렸고, 부인의 신체 정보 제공에 어려움을 겪었다. 부인과 여러 번 잠을 자기는 했지만, 전부 다 뚜껑이 둥글고, 내부가 비단으로 된 최고급 관 속에서 진행되었다는 이유였다. 비요르켄은 관 속에서 나누는 정사가 여자들에게 천국을 맛보게 해줄 가장 확실한 방법이자 가장 안전한 방법이라고 주장했다. 그리고 실제로도 그렇게 믿는 듯했다. 마지막으로 그는 생의 마지막

———

* 덴마크 남부의 도시로 휴양지이자 교역의 중심지.

날까지 자기가 사랑할 여자는 그녀뿐이라고 은밀히 털
어놓았다.

비요르켄의 장황한 설명에도, 안톤은 연인들의 삶이
관 속에 있다고는 생각하지 않았다. 소설 전체를 끌고
가기에는 어딘가 부족하고, 활용성도 떨어지는 탓이었
다. 안톤은 이야깃거리가 부족해서 글이 막혔고, 기대에
부풀어 여행객들이 오기만을 기다렸다.

왕립 배우 발데마르 한센의 그린란드 북동부 입성은
화려했다. 그는 마음속으로 벌써 영웅 역할을 연기하고
있었고, 북극의 영웅답게 날렵한 몸놀림으로 요트에서
뛰어내렸다. 그러고는 성큼성큼 앞으로 세 걸음을 걷더
니 양 손바닥을 가슴에 올린 채 힘차게 머리를 뒤로 젖
혔다. 그 모습을 보고 헤르베르트가 질겁하고 몸을 움
츠렸다.

"젠장, 뭘 잘못 먹은 건 아니겠지?" 그가 불안한 얼굴
로 속삭였다. 그는 연기 중인 왕립 배우를 처음 보았다.
안톤은 대답하지 않았다. 그는 청청한 바다 위로 기다
란 그림자를 짙게 드리우며 홀연히 나타난 덴마크의 귀
족 처녀에게 시선을 빼앗겼다.

배우는 콧구멍을 유난스럽게 벌름거리며 공기를 들
이마셨다. 잔뜩 흥분한 배우가 눈을 감은 채 앞으로 두

걸음 내디뎠다. 그런데 그는 그러지 말았어야 했다. 호시탐탐 기지를 노리는 곰들을 유인하려고 바다표범의 옆구리에서 떼어내 해변에 뿌린 산패한 비곗살을 밟았기 때문이다. 하이힐이 미끄러지고, 우아하게 차려입은 배우가 뒤로 넘어졌다. 그리고 해안을 따라 길게 늘어선 해초 더미 위에 아무 생각 없이 앉아 있던 조카딸과 부딪쳤다.

사냥꾼들은 여행객들을 도우러 달려갔다. 헤르베르트는 늙은 사내에게 잃었던 균형을 되찾아주고, 바지에 얼룩진 바다표범 기름을 칼로 긁어냈다.

한센은 눈을 뜨고, 헤르베르트의 얼굴을 바라보았다. 그리고 목소리 톤을 한 단계 낮춰 굵직한 음성으로 말했다.

"오, 젊은이, 이곳은 정말 깜짝 놀랄 만큼 아름다운 곳이군요."

헤르베르트는 고개를 끄덕였다. 그는 바다표범의 비계에 시선을 고정하고, 낯선 사내가 우의적으로 던진 말의 의미를 알아내려 애썼다. 그런데 하필이면 그 순간, 몇 주 전부터 준비해온 인사말이 불쑥 튀어나왔다.

"신사 숙녀 여러분, 게스 그레이브에 오신 걸 환영합니다. 내 이름은 헤르베르트고, 기지의 대장입니다. 그리고 이쪽은 안톤입니다. 안톤은 사냥꾼이자 시인입니다."

발데마르 한센은 호탕하게 웃었다. "하, 하, 선생, 나는 왕립 배우 발데마르 한센이오."

"저런!" 헤르베르트가 입을 벌리고 배우를 쳐다보았다. "왕립이라니?"

헤르베르트가 놀라워하자, 한센은 희열감에 고개를 끄덕였다. 발데마르 한센은 바다표범의 비곗살이 어디에 있는지 위치를 다시 점검하고, 두 걸음을 옮겨 아그네트의 어깨를 감싸 안았다.

"여긴 아그네트, 내 조카딸이오. 이 늙은 삼촌하고 모험하겠다고 용기를 낸 기특한 처자지." 그가 아그네트의 어깨 쪽으로 고개를 기울였다.

"내 아기, 이걸 봐. 내가 약속한 북극의 사막이야. 평생 애타게 그리워한 야생의 자연이지. 눈 쌓인 저 거대한 산봉우리와 신비에 둘러싸인 검은 협곡, 바다, 빙하를 봐. 아름답지? 자, 이제 귀를 기울여봐. 이 엄청난 고요가 발버둥을 치는 소리를! 어때, 들려?"

발데마르가 한 손으로 귀를 둥글게 감싸고 듣는 시늉을 했다. "들었어? 신경을 곤두세우는 이 고요를, 요란하게 격동하며 온몸을 뒤흔드는 이 고요를? 오, 나의 딸, 나의 심장, 떨고 있군. 두려워하지 말거라. 내가 여기 있잖니. 난 널 언제까지나 보호해줄 거란다. 앞으로도 이렇게 망토를 펼쳐 너의 가냘픈 등을 감싸줄 거야."

왕립 배우 발데마르 한센은 긴 외투 자락으로 아그네트의 등을 감싸고, 아무 일도 없었다는 듯 집 쪽으로 걸어갔다.

"염병, 말 한번 더럽게 잘하네!" 헤르베르트가 말했다. "안톤, 재미있는 방문이 될 것 같아."

안톤은 고개를 끄덕였다. 단순한 재미 이상이 될 것 같았다. 늙은 사내와 젊은 여자 사이에는 더없이 순결하고, 순수하며, 조건 없는 사랑의 기운이 감돌았다. 안톤은 끈끈한 애정으로 결합한 배우 가족에게서 새로운 희망을 엿보았다. 그들이 앞으로 보여줄 완전한 사랑은 3부작의 대단원을 내리게 할 영감의 원천이 될 것이다. 설혹 실망하게 된다 해도 그가 잃을 것은 없었다.

헤르베르트는 한센에게 매료되었다. 그가 배우에게 반한 가장 큰 이유는 외알박이 안경이었다. 이 작은 유리 조각은 한센의 눈에 붙어 도무지 떨어질 생각을 안 했다.

"헤르베르트, 이건 거듭된 훈련의 결과요." 배우가 설명했다. "자유로운 착용자가 되려면 다년간의 훈련이 필요하지요."

"자유로운 착용자라니, 참 멋지군요!" 헤르베르트가 고개를 끄덕였다. 하지만 바보 같아 보일까 봐 들은 것에 대해 감히 더 묻지는 않았다. 반면, 발데마르 한센은 궁금한 것을 즉시 풀지 않고는 못 배기는 사람이었다.

"자유로운 착용자가 된다는 말은 외알박이 안경을 줄 없이 착용하는 걸 의미하오." 그가 말했다. "축축한 안와에 외알박이 안경을 장착하고, 걷고, 달리고, 뛰어오르고, 여자들에게 경의를 표하고, 잠을 자면서도 떨어뜨리지 않을 경지에 오른 다음에야 비로소 자유로운 착용자가 된다오."

"굉장하군요!" 헤르베르트가 한숨지었다.

"맞소, 굉장하지!" 한센이 인정했다. "하지만 누구든 배울 수 있소. 혹시 당신도 자유로운 착용자가 되고 싶으오?"

헤르베르트는 대답하기 전에 오랫동안 깊이 생각했다. 자유로운 착용자가 된다면 분명 멋질 것 같았다. 그린란드 북동부도 한결 빛나고, 그 자신도 특별한 사람이 될 것 같았다. 시인인 안톤과 동등한 위치에 설 수도, 게스 그레이브가 보다 유명해질 것 같기도 했다. "상당히 매력적인 말이군요." 그가 말했다. "하지만 난 양쪽 눈 모두 시력이 너무 좋아요."

발데마르 한센이 미소 지었다. "아, 나도 그래요. 20년

동안 자유로운 착용자로 살았지만, 아직 시력이 굉장히 좋거든. 안경알이 시력 교정용이든, 아니든 그런 건 중요하지 않소. 중요한 건 자유로운 착용자가 되는 거니까. 관심이 있다면 내 안경 중 하나를 갖고 연습해도 좋소."

그래서 헤르베르트는 연습을 하기 시작했다. 한센에게서 외알박이 안경을 하나 빌린 뒤, 매일 집 뒤에서 몇 시간이고 맹훈련했다. 집 뒤를 훈련 장소로 선택한 데에는 그만한 이유가 있었다. 그곳에서는 아무에게도 들킬 염려 없이, 발밑에 석탄 자루를 펴놓고 외알박이 안경을 마음껏 떨어뜨릴 수 있었다.

발데마르 한센은 게스 그레이브에서 유쾌한 시간을 보냈다. 아그네트 옆에 있을 때는 고풍스러운 삼촌의 역할과 연인의 역할을 번갈아가며 연기했다. 가끔 둘 다 잊고 북극의 영웅 역할에만 집중할 때도 있었다. 헤르베르트와 같이 있을 때는, 과묵하고, 강하며, 활기찬 사냥꾼이 되었고, 오래지 않아 사냥꾼들이 사용하는 그린란드 북동부의 고유어를 습득했다. 그런가 하면 안톤과 함께 있을 때는 사냥 외의 분야에도 능통한 예술가가 되었고, 그때에는 신중히 선별한 덴마크어를 사용했다. 안톤이 사냥꾼인 동시에 시인이자 학생인 까닭이었다.

게스 그레이브의 기지는 방문객들과 공유되었다. 시인의 구석진 작업실은 아그네트 아가씨가 사용하는 규방으로 변했고, 왕립 배우에게 침대를 빼앗긴 안톤은 창가 벤치에서 잠을 청했다.

누구도 이러한 공간 배치에 만족하지 않았지만, 집 안에 딱히 구역을 나눌 공간이 없었기에 구시렁거리는 사람은 없었다.

하지만 안톤은 시인의 구석진 작업실이 못내 그리웠다. 그곳은 커다란 요트용 돛으로 둘러싸여서 세상으로부터 보호받는 온전한 그만의 공간이었다. 한센은 한센대로 침대로 아그네트를 불러들이지 못했고, 헤르베르트는 한밤중에도 몇 번씩 배우를 밖으로 불러내는 전립선에 적응이 되지 않았다. 한센이 그 나이 또래의 남자들이 흔히 겪는 질병을 앓고 있었던 것이다.

아그네트는 외로웠다. 그리고 배신감을 느꼈다. 발데마르 삼촌과 그녀 사이에 존재하는 거리는 그녀가 계획한 미래를 위한 게 아니었다. 헤르베르트는 한센과 불과 50여 센티미터 떨어진 이층 침대에서 코를 골았고, 키가 큰 안톤은 한센의 침대가 훤히 내다보이는 자리에 있었다. 조만간 조처를 내리지 않으면 여름내 내밀한 합병이 이루어지지 않을지도 몰랐다. 그래서 아그네트는 숙박 방식을 바꾸자고 제안했다. 그러면서 왕립 배우 한센 같은 고귀한 사내를 저속하게 아래층 침대에 묵게 할 수 없다고 했다. 한센에게는 그의 이름에 걸맞은 그만의 방이 필요하고, 그 방은 다른 누군가와 나누어 쓸 수 있을 만큼 커야 했으며, 사냥꾼들은 그에게 필요한 것을 준비해주어야 했다.

아그네트는 이 모든 책임을 자신과 의견을 같이하는 헤르베르트에게 은근슬쩍 떠넘겼다. 이에 헤르베르트는 안톤과 텐트에서 자겠다고 설레발쳤다. 하지만 그 말은 아그네트가 듣고 싶은 말이 아니었다. 그래서 헤르베르트는 안톤과 자기가 별채 오두막에서 지내면 어떨지 물었다. 별채 오두막 두 채 모두 베슬 마리호가 겨울 보급품을 싣고 그해의 마지막 기항을 할 때까지 비어 있기 때문이었다.

아그네트는 별채 오두막 두 채를 찬찬히 점검한 뒤 제안을 받아들였다. 헤르베르트가 시인의 구석진 작업실에서 안톤의 오두막까지 이어지는 통로를 설치하겠다고 말했을 때는 훨씬 더 빨리 동의했다. 그렇게 해서 안톤은 침실에서 사무실까지, 살아 있는 어느 영혼도 방해하지 않고 곧바로 기어 다닐 수 있게 되었다.

새로운 규칙의 밤이 이어지는 가운데 안톤은 3부작의 마지막 권을 집필하기 시작했다. 작업실에 들어가자마자 그는 예전처럼 두 다리 사이에 나무통을 끼우고, 인생의 역작 위로 등을 구부렸다. 안톤은 현재 집필 중인 3부작의 마지막 권이 이제껏 창작한 다른 어떤 작품과도 본질적으로 다르며, 작가의 삶에 초석을 이루고 덴마크 문학에 새로운 물꼬를 틀 걸작이 되리라 믿었다.

책은 거의 자동기술적으로 혼자, 저절로 써졌다. 어쩌면 주인공들이 지척에 있기 때문인지도 몰랐다. 그도 그럴 것이 늙은 사내가 그가 있는 곳에서 불과 3미터밖에 떨어지지 않은 곳에서 무거운 숨을 내쉬고 있었고, 5센티미터 위에서는 효심이라는 제단에 젊음과 아름다움을 모조리 바친 젊은 여자가 쉬고 있었다. 그들에게서 안톤이 찾아낸 것은 진부한 사랑 나부랭이가 아니었다. 영감의 원천이 되고, 앞의 두 권을 받쳐줄 만한 실마리가 되는 최적의 소재였다. 안톤은 글을 쓰며 매일 밤을 하얗게 지새웠고, 낮에는 영감을 줄 소재를 찾아 이곳저곳을 어슬렁거렸다. 헤르베르트는 그런 그를 무척 걱정했다.

아그네트 한센은 위층 침대에서 음모를 꾸미며 여러 밤을 보냈다. 매일 저녁, 그녀는 발데마르 삼촌에게 잘 자라고 다정히 인사하며 뜨겁게 입맞춤했다. 한센이라는 성에 붙은 눈에 띄지도 않는 악상을 애써 발음하기까지 했다. 하지만 한센은 헤르베르트와의 긴 산책과 북극의 자극적인 공기에 지쳐서 늘 입맞춤으로 만족했고, 아그네트가 침대로 올라가기도 전에 코를 골았다.

아그네트는 슬슬 무료해지기 시작했다. 어느새 관능적인 꿈들이 그녀의 잠 속을 파고들었고, 그런 날이면 사냥꾼이자 시인인 청년을 뚫어져라 응시했다.

몇 주 만에 안톤은 빨래처럼 창백해지고 눈가가 거무스레하게 변했다. 아그네트는 안톤의 그러한 변화가 상당히 낭만적이라고 생각했다. 그는 분명 그녀에 대해 글을 쓰고 있었다. 그것이 그녀의 상상력을 견딜 수 없을 만큼 자극했다. 뭐라고 썼을까? 그녀의 아름다움과 회색빛 커다란 눈, 무용수의 유연한 몸, 붉고 감미로운 입술에 관해? 그를 서서히 번뇌에 빠뜨리는 사랑의 감정과 그녀를 소유하고 싶은 욕망에 관해? 틀림없었다. 이외에는 안톤이 쓸 만한 게 없었다.

어느 날 아침, 헤르베르트는 집 뒤에서 아그네트를 발견하고 벌린 입을 다물지 못했다. 얼마나 놀랐는지, 바위에 붙은 굴처럼 벙어리가 되어 외알박이 안경이 떨어지는 것도 눈치채지 못했다. 아그네트가 시인에게 다가간 것이다. 하지만 안톤은 얼빠진 미소를 지으며 여자를 보기만 하다가 황급히 작업실 안쪽의 나무통으로 되돌아갔다.

안톤과의 하룻밤을 간절히 원하던 아그네트는 조심스럽게 침대에서 내려가 발꿈치를 들고 방 안을 가로질렀다. 그리고 커다란 돛 안을 훔쳐봤다. 위대한 시인이 그곳에서 기다란 금빛 수염을 노트에 파묻은 채 죽기 살기로 글을 쓰고 있었다. 아그네트의 시선이 시인의 얼굴과 넓은 어깨, 굽은 등과 길쭉한 다리를 훑고 지나갔다. 순간, 무슨 일인가가 한센 아가씨에게 일어났다. 심장이 미친 듯 뛰고 숨이 가빠지더니 눈이 구슬처럼 동그래지고, 온몸이 사시나무처럼 떨려왔다. 그녀는 시인을 더 잘 훔쳐보려고 무릎을 꿇고 커다란 돛 아래 바닥에 머리를 박았다. 그녀의 시선이 안톤의 몸에 착 달라붙은 꾀죄죄한 팬티에 머물렀다. 그러자 끔찍한 흥분감이 그녀를 사로잡았다. 같은 순간, 안톤은 여기저기 쑤시는 몸을 잠시 펴려고 자리에서 일어났다. 아그네트는 더는 참을 수가 없었다. 그녀는 돛을 들어 올리고 안으로 기어 들어갔다. 그리고 그녀를 매혹한 기다란 양모 팬티를 격정적으로 끌어안았다.

"내 사랑." 그녀가 한센이 잠에서 깨어나지 않도록 조용히 속삭였다. 안톤은 놀라 요정처럼 나타난 금발의 아가씨를 내려다보았다. 아그네트가 안톤의 몸을 타고 천천히 일어났다. 여자의 얼굴이 가슴팍에 와 닿자, 안톤의 입에서 가느다란 신음이 터져 나왔다.

안톤은 자신의 등을 감싸 안는 아그네트의 양팔을 뿌리치지 않았다. 이제 막 낮 뜨거운 문장에서 손을 뗀 참이라서 안톤은 따뜻하고 부드러운 감촉에 굴복하고 말았다. 아그네트는 시인을 의자에서 빼내고 바닥에 눕혔다. 그리고 한센의 조카딸이 된 이후로, 한 번도 품어 보지 못한 남자의 몸을 애무하기 시작했다. 입맞춤이 사내의 얇은 팬티 안에서 효력을 발휘하자, 아그네트는 사내의 몸에서 때 낀 팬티를 재빨리 벗겨냈다.

안톤은 자세가 불편했다. 그는 안과 밖을 가르는 가름막에 머리를 처박고 나무통을 사이에 두고 두 다리를 좌우로 벌리고 있었다. 아그네트는 몸을 일으켜 시인의 다리가 현문을 통과할 수 있도록 도왔다. 둘이 함께 별채 오두막으로 가기 위해서였다. 별채 오두막에 도착한 젊은 남녀는 발데마르 한센을 수십 번 죽이고도 남을 대담한 애정 행각을 벌였다.

다음 날 아침, 아그네트 한센은 늦잠을 잤다. 그녀는

발데마르 삼촌이 헤르베르트와 자고새 사냥을 떠나며 곤히 자는 어린 양을 깨우지않도록 조심할 만큼 깊게 잤다.

아그네트는 두 사냥꾼이 문을 나서자마자 잠에서 깨어났다. 그리고 곧바로 침대 밖으로 뛰어나가 시인의 공간으로 달려갔다. 별채 오두막에 도착한 다음에는 그때까지만 해도 곯아떨어져 있던 안톤을 능숙한 입맞춤으로 깨웠다. 그 후, 두 사람은 간밤에 한 운동을 몇 번이고 반복했다.

사냥꾼 둘이 자고새를 한 묶음 들고 귀가할 때까지— 그중 한 마리는 한센이 직접 잡은 것이었다. 젊은이들은 달콤한 잠에 빠져 있었다.

헤르베르트는 수상한 생각이 들었지만, 남의 일에 참견하지 않기로 했다. 이런 건 그가 상관할 일이 아니었다. 그는 자고새의 흰 살을 토막 냈다.

"저렇게 일하다가 곧 죽겠어요." 그가 말했다. "쯧쯧, 글을 쓰느라 또 밤을 새웠나 봐요."

발데마르 한센은 아그네트의 얼굴을 보러 갔다. 그녀는 입가에 성모마리아 같은 옅은 미소를 짓고 잠들어 있었다. 귓가에서 물결치는 풍성한 금발은 여자의 얼굴을 더욱 아름답게 했다.

"헤르베르트, 이것 좀 보게. 이 젊음과 순수함을! 나는 그녀가 공기 같다고 생각하네. 너무 가냘파서 금세라도 부서져버릴 것 같지만, 공기처럼 삶에 활력을 불어넣어주지 않는가! 과연 누가 이런 존재를 거부할 수 있겠나!"

헤르베르트는 냄비를 흔들어 자고새의 흰 살을 뒤집고, 화덕에 바람을 불어넣었다.

"안톤은 아직 3부작을 끝내지 못했어요." 그가 설명했다. "믿음과 소망, 자비가 그 주제죠. 지금은 자비에 관해 집필 중이에요. 자비는 사랑의 또 다른 이름이지요. 그러니까 말하자면 사랑이 안톤을 녹초로 만든 거예요."

한센은 여전히 아그네트를 바라보고 있었다. "사랑이라니, 굉장히 어려운 주제로군. 사랑에는 한계가 없지 않은가? 헤르베르트, 나를 믿게. 안톤은 지금 고난의 길을 걷고 있어. 예술이란 다 비아 돌로로사*를 걷는 여정이거든."

"그럴 수도 있겠군요." 헤르베르트가 소량의 포르투갈산 포도주를 자고새의 흰 살에 뿌리자, 수증기가 피어올라 방 안에 가득 찼다. 아그네트가 회색빛 눈을 뜨고 시침을 뗐다.

"아, 발데마르, 벌써 오셨어요? 사냥은 어땠어요?"

—

* Via Dolorosa. 슬픔의 길, 고난의 길.

헤르베르트는 불에 태우고 있던 깃털을 뒤적여 흰 살 몇 점을 들어 올렸다.

"아그네트 아가씨, 여기 이 살 두 점이 보이죠? 발데마르가 잡은 거예요. 양초처럼 기름진 고기예요."

아그네트는 한센을 정열적인 눈으로 바라보았다. "이런, 당신이 이렇게 멋진 사냥꾼인지는 몰랐어요!"

배우는 한쪽 팔을 휘둘러서 과장된 몸짓으로 감사의 마음을 전했다. "오, 이런 여신을 옆에 두고 감히 사냥을 떠나다니! 아마도 내가 머리가 돈 모양이오." 그가 아그네트의 손을 잡고 미소 지었다. "오늘 저녁에는 적포도주를 마십시다. 특별한 때 마시려고 아껴놓은 게 세 병 있소."

헤르베르트가 놀라 고개를 돌렸다. "적포도주요? 아, 그건 안 될 말이에요. 여기선 자고새와 함께 늘 화주를 마셔요. 그게 전통이니까요."

"전통이라니, 헤르베르트, 그런 시시한 얘기일랑 접어두시오. 오늘 저녁 우린 귀한 포도주를 맛보게 될 거요. 1931년산 그로버만 포도주요. 옥슨크로네가 톰슨곶에 내릴 때, 내가 매스 매슨에게서 산 거라오."

헤르베르트는 매스 매슨에게 욕설을 퍼붓고 싶었지만, 이를 악물고 자고새 고기를 뒤집었다.

포도주와 화주에 흥이 난 헤르베르트는 늦은 시각까지 식탁을 떠나지 않았다. 안톤은 그 밤이 지나기 전에, 소설에 새로운 인물을 등장시켰다. 자비를 주제로 한 3부작의 마지막 권은 이제 다섯 개의 장으로 나뉘어 있었다. 두 장은 다정한 삼촌을 위해, 나머지 세 장은 비밀 애인을 위해 할애한 것이었다. 그는 아그네트가 돛 아래로 기어 와 무릎을 꿇을 때, 이미 젊은 연인들의 행복한 시간이 삼촌에게 발각되는 쪽으로 이야기의 방향을 정한 터였다.

"아그네트, 삼촌에게 말해야 해요." 안톤이 쉰 목소리로 속삭였다.

아그네트가 입맞춤으로 안톤의 입을 다물게 했다. 그리고 포동포동하게 살진 청년의 귀에 대고 이렇게 속삭였다.

"한마디도 하지 마세요. 그러겠다고 약속해요. 삼촌은 우릴 절대 용서하지 않을 거예요. 관계가 탄로 나는 날, 우린 둘 다 죽어요."

"그러면 내 소설은요? 당신은 한센의 소유물이 아니잖아요?"

아그네트가 눈을 내리깔며 입술을 깨물었다. "아니요. 난 그의 것이에요." 그녀가 속삭였다. 그러고는 슬픈 얼굴로 천천히 고개를 끄덕였다. 안톤은 비밀에 부쳐질 소설의 클라이맥스를 상상했다. 이유를 묻고 싶었지만, 그럴 시간이 없었다. 아그네트가 용기를 내어 별채 오두막에 발을 들여놓은 순간, 그 역시 사냥꾼의 평범한 일상을 버리고 마음이 이끄는 대로 행동하기로 마음먹은 것이다.

다음 날, 안톤은 다른 일을 모두 제치고 집필에 열중했다. 그가 편집적으로 몰입한 글쓰기 작업에는 당연히 그녀가 관여했다. 창작을 마친 안톤은 안색이 창백해지고 몸도 한결 야위어서 시인의 작업실에서 식탁으로 이동할 때는 거의 몽유병자처럼 행동했다.

아그네트와 비밀 연애를 하는 동안, 안톤은 나무통과 하나가 되어 토막잠을 잤다. 그는 이미 사랑의 포로가 되어 있었다. 하지만 그렇다고 사랑을 쟁취한 것은 아니었다. 아그네트와의 사랑에 관한 모든 권리를 삼촌이자 연인인 발데마르 한센이 소유하고 있었기 때문이다. 안톤에게는 이 모든 일이 너무도 복잡하게 여겨졌다. 앞으로 어떤 일이 벌어질지 상상조차 안 됐다. 이것이 그가 열에 들떠 계속해서 글을 쓸 수밖에 없던 이유였다. 절망적인 얼굴로 종이 위에 얼굴을 파묻은 채 안톤은 시간이, 혹은 재능이, 그것도 아니라면 아그네트가 고통의 수렁에서 자신을 건져주리라 믿었다.

헤르베르트는 걱정이 이만저만이 아니었다. 하지만 다행히도 흉금을 터놓고 이야기를 나눌 수 있는, 이해심 많은 발데마르 한센이 곁에 있었다. 그와 대화를 시도하며 헤르베르트는 걱정스러운 마음에서 벗어나려 노력했다.

"헤르베르트, 그런 게 바로 예술이란 것이오. 그래서 우리 둘은 아무것도 할 수 있는 게 없소. 당신도 언젠가는 이해하게 될 거요. 안톤은 지금 악마에게 사로잡혀 있소. 그리고 그런 그를 치유해줄 수 있는 건, 오직 3부작의 마지막 권이오. 바로 사랑이지. 헤르베르트, 그에게 시간을 주시오. 그러면 감기가 낫듯, 언젠가는 그도 자기 자리로 돌아올 것이오."

그래서 헤르베르트는 그대로 했다. 그는 기지 동료를 자애롭게 대했고, 도움이 되기 위해 최대한 노력했으며, 그와 별개로 외알박이 안경을 자유롭게 착용하기 위해 꾸준히 훈련에 임했다. 연습을 거듭한 결과, 마침내 외알박이 안경을 착용한 채 집을 세 바퀴나 돌았고, 안경을 떨어뜨리지도 않고 두 발을 오므린 채 현관 앞에서 열 번이나 뛰어오를 수 있었다. 다만 딱 한 가지, 아직 도달하지 못한 것이 있었다. 외알박이 안경과 담배 파이프를

동시에 착용하는 것이었다. 발데마르 한센은 그런 그에게 언젠가는 두 개를 한꺼번에 장착할 날이 올 것이라며 위로의 말을 건넸다. 이미 놀라울 만큼 발전했으니, 파이프와의 동시 착용 문제는 몇 달 내에 해결된다는 의견이었다.

그해 여름, 게스 그레이브의 사냥꾼들은 거의 사냥을 하지 않았다. 여행객들에게 많은 시간을 할애해야 했고, 안톤도 사랑에 눈이 멀어 있었기 때문이다. 반면, 헤르베르트의 활약은 대단했다. 그는 한센과 사냥을 떠났다. 사냥이라기보다는 자연 속을 거니는 산책에 가까웠지만 어찌 되었든 그들은 사냥을 떠났고, 사냥이라고도 할 수 있는 산보를 하며 우연히 자고새를 잡거나, 나를 잡아가라고 애걸하는 산토끼를 주워 집으로 돌아왔다. 헤르베르트는 음식을 만들어 여행객들에게 대접했고, 안톤이 식탁에 올 시간이 없을 때는 시인의 작업실 안, 나무통 위로 식사를 배달했다. 그리고 낮이고 밤이고 안톤을 감시했다. 작가가 녹초가 되어 식탁에 쓰러져 있으면 머릿밑에 쿠션을 받쳐주었고, 지쳐 나무통 위에서 잠이 든 때에는 별채 오두막 안으로 시인을 옮겨다 놓았다. 그런가 하면, 밤마다 안톤의 숙소에서 들려오는 해괴한 소리에 남몰래 귀를 기울였다. 그 소리는 모두 상당히 사적인 것으로, 혼자 간직하기에 안성맞춤이었다.

안톤은 피곤했다. 그는 이미 골수까지 지칠 대로 지친 상태였다. 하지만 딱 한 가지, 아그네트 한센이 감탄해 마지않는 그 부분에 대해서는 전혀 지칠 기미가 보이지 않았다. 아그네트는 혈색이 좋아졌다. 뺨은 발그스레했고, 눈동자에는 새로운 빛이 감돌았다. 하지만 그것은 안톤의 공로만은 아니었다. 발데마르 한센이 마침내 신부가 되어줄 수 있냐고 물은 것이다. 자고새의 흰 살에 곁들여 1931년산 그로버만 포도주를 마시던 어느 저녁이었다. 한센의 청혼에 그녀는 교태를 부리며 생각할 시간을 달라고 청했고 이 말은 늙은 사내의 애간장을 녹였다.

그러는 동안에도 안톤은 그녀가 변했다는 사실을 눈치채지 못했고, 습관적인 밤의 노동에 참여했다. 그리고 결국, 아그네트가 소설의 일부인지 혹은 소설이 그녀의 일부인지, 종이의 안과 밖에서 일어난 일을 구분하지 못하게 되었다.

그러던 어느 날, 왕립 배우 발데마르 한센이 스벤슨의 혹 한가운데에서 고꾸라져 그대로 뻣뻣해지는 참사가 일어났다. 극단적인 사건도 없었고, 구슬픈 탄식도 없었다.

이른 아침, 발데마르와 헤르베르트는 빙하를 감상하러 스벤슨의 혹에 올랐다. 어느덧 베슬 마리호의 귀환이 임박해 있었다. 정상에 오르자, 한센이 가슴에 손을 얹고 나지막한 목소리로 말했다.

"헤르베르트, 내가 곧 죽으려나 보오."

헤르베르트가 고개를 끄덕였다. 그는 몇 발자국 앞을 걷고 있었다. "네, 네, 그런 일은 우리 모두에게 일어나지요. 발데마르, 그러니까 너무 걱정하지 마세요." 그는 배우가 또 연기를 하고 있다고 생각했다. 발데마르의 일상이 곧 연기인 탓이었다. 이런 습관만 제외하면, 헤르베르트는 그가 참 좋았다.

"얼음이 바다 멀리 있어요." 헤르베르트가 말했다. "올슨이 분명 저기 어딘가에 있을 거예요. 여전히 나무통 위에서 악마의 이름을 걸고 맹세를 하면서요." 그가 고개를 돌리고 남쪽을 바라보았다. "어쩌면 그 늙은 여우가 바나나무 해안에서 연안을 따라 길을 거슬러 올라올지도 몰라요." 그가 말을 이었다. "올슨이 어떻게 위험에 대처할지는 아무도 모르죠."

한센이 대답을 하지 않자, 헤르베르트는 뒤돌아보았

다. 배우는 솜털 구름이 깔린 파란 하늘을 쳐다보며 히스밭 위에 누워 있었다.

"빌어먹을, 이게 무슨 일이람?" 헤르베르트가 겁에 질려 소리쳤다. 그리고 늙은 사내 옆에 무릎을 꿇었다.

한센의 그늘진 얼굴에는 가벼운 미소가 드리워져 있었다. "헤르베르트, 심장 때문이라오. 내 심장은 언제나 이렇게 도박을 즐겼지."

헤르베르트는 아노락을 벗어 배우의 머릿밑에 고였다.

"고맙소…… 친구." 발데마르 한센이 입술을 깨물었다. 무척 고통스러워 보였다. 잠시 후, 그가 속삭였다.

"헤르베르트, 내가 연기한 이 마지막 역을 젊은이들이 보지 못한 게 유감이오. 그렇지 않소?"

헤르베르트가 고개를 끄덕였다. "네, 이 어려운 역을." 그가 감정이 격해져서 탄식했다.

"이게…… 늙은이들의 역할이라오." 발데마르가 힘겹게 숨을 몰아쉬며, 작게 미소 지었다. "내가 어떻게 보이오? ……잘하고 있는 것 같소?" 헤르베르트가 몸을 앞으로 기울이고 속삭였다. "왕처럼 근엄해요. 발데마르, 완벽해요."

이어 발데마르는 마지막 숨을 거두었다. 헤르베르트는 위대한 배우의 눈을 감기며 뺨을 타고 흐르는 눈물을 보았다. 하지만 그 눈물도 배우의 얼굴에서 외알박이 안경을 떨어뜨리지는 못했다. 그렇게 발데마르 한센은 죽음의 순간에도 끝내 자유로운 착용자로 남았다.

바람의 썰매

—

혹은 씨가 된 말

닥터는 드문 경우를 제외하고, 늘 한결같은 어조로 말했다. 그런 그를 두고 모두는 그가 사냥꾼의 공용어를 배울 능력이 없다고 생각했다. 그러나 사냥 기지에서 몇 해를 보내며 발전을 거듭한 결과, 마침내 그도 그린란드 북동부의 고유어를 구사할 수 있게 되었다. 말하자면 전위 북유럽어를 사용하게 된 것이다.

그린란드 북동부에는 그곳에 사는 주민만이 이해하는 단일한 언어가 있었다. 그것은 북유럽 언어를 버무려 만든 일종의 채소 샐러드로, 덴마크어라는 기본 재료에

그린란드어라는 양념을 뿌린 것이었다. 재미있고, 생동
감 넘치는 이 언어를 사용해서 그린란드 북동부의 주민
들은 자신들의 사상을 역설적으로 표현하며, 신과 악마
에게 호소했다. 이에 대한 예로, 매스 매슨이 외치는 "제
기랄!"을 빼놓을 수 없었다. 그 말에는 딱히 의미가 없
었다. 그저 모호한 상황을 모면하고 싶거나, 할 말이 없
을 때 내뱉는 일종의 관용어에 불과했다. 매스 매슨은
"제기랄"을 외치며 귓불을 붉혔고, 그때마다 친구들은
놀란 얼굴로 호기심에 싸여 그를 쳐다보았다. 그러면
그는 "염병할!" 혹은 "우라질!"이라고 소리쳤고, 그 즉
시 청중은 첫 번째 외침이 불쾌함과 놀라움의 표현이며,
두 번째 외침은 혐오감이나 난처함의 표현임을 알았다.

닥터는 고향인 퓐섬의 사투리에 굉장한 애착을 보였
다. 연안의 언어는 비요르켄이 외국어 어원사전에서 읽은
f*의 어원처럼, 인상적이지도 않았고, 간결하지도 않았으
며, 그렇다고 격정적이지도 않았다.

그린란드 북동부의 언어에 관심이 없는 닥터와 달리,
모르텐슨은 사냥꾼들이 사용하는 전위 북유럽어를 자

---

* 로마자의 여섯 번째 글자로 갈고리를 뜻하는 상형문자에서 나왔다.

유자재로 구사했다. 그는 세계 곳곳을 여행했고, 경험도 많았으며, 세계 각지의 언어를 점과 선으로 구성된 단순한 부호로 변주할 줄 알았다. 모르텐슨은 음악에 특별히 민감한 닥터의 귀를 부러워했다. 그는 닥터의 귀를 도저히 따라갈 수 없었다. 그래서 노래할 때마다 그린란드 북동부의 환경과는 판이한, 이국적인 푄섬의 억양을 사용했다.

눈보라가 심해 며칠째 집 안에만 틀어박혀 지내던 어느 저녁이었다. 닥터가 식탁을 주먹으로 내리치며 소리쳤다.

"제기랄, 모르텐슨, 더는 못 참겠어!"

모르텐슨은 놀라서 무릎 위로 담배 파이프를 떨어뜨렸다. 소맷부리로 담뱃재를 털어내며 그가 물었다. "닥터, 방금 뭐라고 했어?"

"염병할, 이제 지긋지긋하다고 했어." 닥터가 화를 내며 말했다.

모르텐슨은 격려차 고개를 끄덕였다. 이런 경우에는 동감하는 편이 나았다. 이유야 어쨌든, 사내가 열 받았을 때는 굳이 화를 돋울 필요가 없기 때문이었다.

닥터가 다시 한번 주먹으로 식탁을 내려치자 찻잔이 요동쳤다.

"벌써 이틀째 여기 앉아서 먹고, 마시고, 카드놀이만 했어." 그가 말을 이었다. "석탄을 찾으러 가거나 오줌을 누러 갈 때만 밖으로 나갔고. 안 그래?"

"그랬지." 모르텐슨이 미소 지었다. "악마도 이런 날씨에는 밖으로 나가지 않을 테니까."

닥터가 자리에서 벌떡 일어났다. 모르텐슨이 침착하게 앞으로 몸을 기울여 식탁을 붙잡았다.

"아니. 난 그렇게 생각하지 않아." 푄섬 억양으로 닥터가 선언했다. "더는 은둔자처럼 이렇게 집에 틀어박혀 있을 수 없어."

모르텐슨의 미소에서 핏기가 가셨다.

"닥터, 그래도 어쩔 수 없어. 밖에 나가면 빙판에 발을 딛자마자 강풍에 아이슬란드까지 날아갈 거야. 한 걸음도 옮기지 못할 거라고."

닥터의 시선이 모르텐슨에게 들러붙었다.

"닥터, 왜 나를 그렇게 봐?"

"생각 중이야." 닥터가 으르렁거렸다.

모르텐슨은 걱정스러운 마음으로 한숨을 내쉬었다. 생각이란 걸 할 때 어떤 일이 벌어지는지 잘 알기 때문이었다. 그런 예는 얼마든지 많았다. 한센 중위와 결투를 벌인 뒤, 머리에 총을 쏴 자살한 레우즈도 그랬다. 그의 시신은 결국 소금에 절여져 미국으로 건너갔고, 그런 사달이 일어난 까닭은 그가 너무 깊이 생각한 탓이었다.

닥터가 갑자기 침대 가로 달려가 낡은 여행 가방을 꺼냈다. 풀을 먹인 딱딱한 종이로 만든 가방이었다. 그는 한동안 가방을 뒤적였다. 그러더니 편지지와 연필을 들고 식탁으로 돌아왔다.

모르텐슨은 심기가 불편한 듯 몸서리쳤다. 경험상 연필과 종이가 끼어들면 늘 골치 아픈 일이 일어났다. 레우즈의 현기증도 정확히 이런 식으로 시작되었다. 중위를 중상모략하는 시를 쓰기 시작하며 그는 현실감각을 완전히 잃었다. 안톤도 예외는 아니었다. 몇 해 전, 그 또한 소설을 쓰기 시작하며 돌이킬 수 없는 광인의 길에 들어섰다. 닥터의 현 상황이 안톤과 비슷한 거라면 조만간 연안 일대를 배회할 또 다른 작가 한 명이 탄생할 터였다. 그러면 모르텐슨은 다음번 배가 올 때, 작가가 된 닥터를 대신할 동료를 한 명 보내달라고 전보를 쳐야만 했다.

닥터가 식탁에 앉아 그림을 그리기 시작했다. "시작하려면, 먼저 바람과 친구처럼 친해져야 해." 노래하듯, 그가 푄섬의 언어로 신들린 사람처럼 떠들었다. "바람이 불면 눈이 일어서고, 추위에 또 다른 생기를 불어넣는다."

모르텐슨이 식탁 위로 곁눈질했다. "생기를 불어넣는다니, 그게 무슨 말이야?"

"뭐라고? 내가 언제 그런 말을 했어?" 닥터가 이해할 수 없다는 표정으로 모르텐슨을 쳐다보았다.

"여기, 썼잖아. 또 다른 생기를 추위에 불어넣는다고." 그가 말했다.

"아, 이거? 그냥 별 뜻 없이 쓴 말이야. 당연한 거니까. 그런데 이게 이상해?" 닥터가 그린란드 북동부에서 통용되는 전위 북유럽어를 떠올리며 설명했다.

"생기라고 한 건, '얼음처럼 춥다'는 걸 표현하기 위해서였어."

모르텐슨이 고개를 저었다. 설명이 명쾌하지 않았다. "닥터, 갑자기 사냥꾼들의 말을 배우고 싶어? 그렇다면 잘 들어. 이건 내 생각이긴 하지만, 이런 경우 우린 '지옥처럼 염병할 추위'라고 해."

닥터는 종이에서 눈을 들었다. "그게 바로 내가 이해할 수 없는 거야. 무슨 말인지 도무지 머릿속에 들어오지 않거든. 교리 공부를 할 때, 난 지옥이 살이 불에 타 구워지는 영원한 고통이라고 배웠어. 그 말이 뜻하는 건 지옥이 뜨겁다는 거고. 그런데 어떻게 지옥처럼 염병할 추위라고 말할 수 있지?"

모르텐슨은 대답에 앞서 닥터가 한 말의 의미를 수없이 되뇌었다. "닥터, 그런 생각은 해보지 못했어." 숙고 끝에, 그가 인정했다. "네 말이 맞아. 그건 정확한 표현이 아니야. 그런데 여기서는 반대의 의미로 쓰인 것 같아. 바다도 차갑지만 여기선 지옥 같다고 말하니까."

"그래? 그럼 이건 어때? 난 '또 다른'에 뭐든 집어넣을 수 있다고 생각해." 닥터가 말을 이었다. "아니야? 각자 원하는 말을 여기 넣으면 되잖아."

모르텐슨은 닥터가 한 말의 의미를 되새기느라 오랫동안 명상의 시간을 가졌다. 한동안 눈을 감은 채, 앞으로 고개를 숙이고 꼼짝하지 않았다. 얼마나 오랫동안 고개를 숙이고 있었는지 닥터가 결국 이렇게 묻고 말았다.

"모르텐슨, 자?"

"아냐." 모르텐슨이 눈을 뜨고 닥터를 뚫어지게 응시했다. "잠시 통찰의 시간을 가진 거야. 네가 맞았어. '또 다른'이 '지옥처럼 염병할' 보다 나은 것 같아."

닥터가 손을 들어 용서를 구하는 제스처를 취했다. "내가 남들보다 더 똑똑하다고 생각하는 건 아니야. 하지만 이곳에서 통용되는 언어 중에는 이해되지 않는 것들이 있어. 그래서 내가 푄섬에서 배운 말을 그대로 사용하는 거야."

"언젠가는 너도 이해하게 되겠지." 동료를 위로하며 모르텐슨이 말했다. "시간이 필요할 뿐. 그런데 뭘 그려?"

닥터가 종이를 식탁 중앙으로 밀어 모르텐슨에게 보였다.

"모르텐슨, 집에 갇혀 지내는 시간은 이제 끝났어. 지금부터 우린 폭풍을 즐길 거니까. 어릴 때 살던 케르테민데*에서는 겨울에 뗏목을 타고 항해했어. 우리도 지금부터 그렇게 할 거야."

"하지만 바다가 얼음으로 뒤덮였잖아." 모르텐슨이 반대 의견을 내놓았다.

"모르텐슨, 그게 바로 우리가 즐겨야 할 거야. 빙판은 그저 물이 언 것에 불과해. 얼음 위에서는 물에 젖을 염려도 없고. 굉장한 특혜지."

모르텐슨은 그림을 유심히 살펴보았다. 종이 위에는 큰 돛대를 달고 외부에 보조 바퀴 두 개를 단 썰매가 그려져 있었다.

"인상적인 그림이야." 그가 조심스럽게 입을 열었다. 닥터는 지독한 현기증에 걸렸고, 모르텐슨은 그런 그와 싸울 마음이 없었다. "엄청 아름다워. 정말 잘 그렸어. 닥터

———

* 덴마크 오덴세가 있는 퓐섬 동북 해안의 어촌 마을.

"넌 정말 재능이 많아."

"아니야, 대충 그린 크로키인데 뭘." 닥터가 겸손하게 종이를 만지작거렸다. "모르텐슨, 썰매는 밖에 있으니까 됐고, 보조 바퀴는 얼음을 측정할 때 사용하는 대나무로 만들 수 있어. 문제는 돛대야." 닥터가 무전 기사의 안색을 살폈다. "우리가 못 할 거 같아?" 그가 침대 가의 못에 걸린 톱을 가리켰다.

모르텐슨이 화가 난 듯 소리쳤다. "닥터, 그만해. 안테나는 절대로 손댈 수 없어!"

"제일 긴 거에서 끝을 조금만 잘라내자. 3~4미터 정도만. 그래도 안 돼?" 닥터가 애원하는 얼굴로 기지 동료를 보았다.

"안 돼. 중앙 안테나를 자빠뜨리고 끝을 톱으로 자르다니, 절대 안 돼." 모르텐슨이 으르렁거렸다. "이건 기지의 소유야."

"누가 안테나의 길이 따위에 신경을 쓴다고 그래?" 닥터가 중얼거렸다. "끝이 조금 잘려나간다고 전보를 치는데 지장이 생기는 것도 아니잖아? 전기가 부족하면, 내가 더 힘차게 페달을 밟을게."

모르텐슨은 생각할 시간을 가졌다. 그가 염려하는 것은 통신의 문제가 아니었다. 유럽과 교신할 때는 장거리

파동을 사용했기 때문에, 사실 안테나의 길이는 통신에 큰 영향을 미치지 않았다. 그의 걱정은 수위를 넘어선 닥터의 정신 상태였다. 모르텐슨은 생각을 정리했다. 안테나의 길이가 반으로 줄어든다고 통신에 큰 지장이 생기지는 않는다. 바람에 밀려가는 썰매 이야기도 매우 흥미롭다. 단시간에 장거리를 이동할 새로운 운송 수단이다. 모르텐슨이 눈을 떴다. 그리고 잔뜩 긴장한 얼굴로 대답을 기다리는 닥터를 응시했다.

"닥터, 내가 졌어." 그가 말했다. "안테나의 끝부분은 이제 네 거야."

이것이 사건의 발단이었다. 폭풍이 잠잠해지자, 두 친구는 중앙 안테나를 눕히고 4미터 정도를 톱으로 잘라냈다. 놀랍게도 모르텐슨은 절단 후 송신기의 기능이 향상되었음을 확인했다. 라디오 전파 개론서에 기록된 내용과 정반대였다.

닥터는 톱질을 하고, 절단하고, 구멍 내고, 조립했다. 모르텐슨의 강요에 겨우 먹고, 모르텐슨이 잠자리에 들면 발끝으로 일어나 희미한 석유램프의 불빛 아래서 작품 제작을 이어갔다. 그렇게 일주일 뒤, 드디어 바람의 썰매가 완성되었다.

룸펠곳에서 혁신적인 운송 수단이 발명되었다는 소식이 카미크 우편을 통해 빠른 속도로 전파되었다. 그 즉시 연안의 모든 오두막 안에서 격렬한 논쟁이 벌어졌다. 몇몇 사냥꾼은 바람의 썰매를 발명의 정점이라 평가하고 이렇게 대담한 모험을 감행한 발명가들에게 상을 줘야 한다고 주장했다. 그러나 그 밖의 다른 사냥꾼들은 바람의 썰매가 조만간 폭발할 끔찍한 현기증의 전조 증상일 뿐이라고 일축했다. 겨울에서 봄이 되는 사이, 언제나 있어온 정신이상의 하나라는 것이었다. 바람의 썰매라니, 당치않았다. 하지만 그렇다고 관심이 아예 안 가진 않았다. 실현 가능성이 전혀 없어 보이지도 않았다. 이런 이유로 이어지는 날들 동안 수많은 썰매가 룸펠곳으로 향했다.

사냥꾼들은 룸펠곳에서 극진한 대접을 받았고, 모두의 요구에 따라 바람의 썰매가 모습을 드러냈다. 바람의 썰매는 경이로움의 절정이었다. 두더지의 눈을 가져 시야가 한정된 낮짝조차 깊은 인상을 받았다. 그가 앞으로 몸을 굽히고 보조 바퀴를 들여다보았다.

"오호라, 이게 바로 바람의 썰매로군." 낮짝이 대나무를 쓰다듬으며 중얼거렸다. "그런데 앉을 자리가 좀 좁아 보여. 안 그래, 닥터?"

"이건 그냥 보조 안전장치야. 배의 용골과 같지." 닥터가 설명했다.

"아, 그래." 낯짝이 고개를 끄덕였다. 그가 기다란 기구를 만지작거렸다. 생각이 명확해지자 낯짝은 호기심에 찬 강아지처럼 들뜬 얼굴로 닥터를 한번 쳐다보았다. 그러고는 일절 다른 말 없이 자리를 떴다.

작은 페데르센이 돛대 끝을 응시했다. "이렇게 말해도 될지 모르겠지만 굉장히 똑똑한 썰매 같아. 그런데 돛은 어디에 있어?"

"돛도 다 준비해뒀지." 모르텐슨이 대답했다. 그는 썰매의 완성에 자기도 한몫 거들었다는 생각에 자랑스러웠다. "옛날에 라스릴이 룸펠곳 기지를 폭발시켰잖아. 그 잔해를 덮어둔 덮개가 있었어. 그걸로 돛을 만들었어. 커다란 돛도 있고, 뱃머리의 삼각돛도 있고, 스피니커*도 있어."

사내들은 바람의 썰매 주변을 돌며 스케이트 날을 만져보고, 조립된 부분을 살짝 잡아당기고, 돛대를 묶은 줄을 흔들었다. 어느 하나 나무랄 데가 없었다. 그것으

———

* 순풍 시 바람을 모아 전진하게 하는 삼각형의 돛.

로 바람의 썰매 제작에 탁월한 재능이 있는 닥터의 능력이 증명되었다. 밸프레드는 시찰에 참여하지 않았다. 그는 썰매에 누워 여행용 모피를 코까지 끌어올리고 깊이 잠들어 있었다. 밑단을 접은 채 양쪽 눈까지 내려 쓴 빨간색 뾰족모자만이 그의 현존을 알렸다.

헤르베르트는 브레이크에 손을 올려놓고 잡아당겼다. 브레이크는 닥터가 마지막으로 발명품에 합류시킨 부지깽이로 만든 것이었다.

"닥터, 튼튼하게 정말 잘 붙였어. 눈이 너무 깊지만 않으면 이걸로도 충분할 것 같아. 그런데 바람이 불면 이걸 타고 전보를 운송하러 다닐 생각이야?"

닥터는 고개를 저었다. "이건 시제품에 불과해." 그가 설명했다. "폭풍이 불 때, 심심풀이로 모르텐슨과 만든 거니까. 하지만 이걸로 부정을 긍정으로 변화시켰지. 바람에 맞서는 대신, 이제 자연에 순응해 전속력으로 달릴 수 있게 되었으니까."

애매모호한 대답이었지만, 헤르베르트는 굳이 지적하지 않았다. 닥터가 아직 현기증에 사로잡혀 있는 듯 보였지만, 모르텐슨이 직접 뛰어든 걸 보면 급성은 아닌 듯했다.

"시운전은 해봤어?" 매스 매슨이 물었다.

모르텐슨은 라스릴에게 방향 조종 장치를 보여주고 있었다. 그가 고개를 끄덕였다.

"썰매를 끌고 밖에 나간 적이 한 번 있어." 그가 말했다. "피오르에서 바람이 약하게 불어오던 저녁이었지. 그런데 속력이 충분히 나지 않아서 파란 얼음덩이에 스케이트 날이 부딪쳐 부러지고 말았어."

매스 매슨이 룸펠만 쪽으로 고개를 돌렸다. 만을 뒤덮은 빙판은 살얼음과 단단한 얼음으로 불규칙했다. "흠, 당연히 그랬을 거야. 저렇게 울퉁불퉁한 빙판에서는 아무것도 할 수 없으니까. 그런데 왜 썰매를 대륙빙하로 끌고 가지 않았어? 거기 가서 해보면 좋을 것 같은데. 안 그래?"

닥터가 살짝 놀란 얼굴로 매스 매슨을 보았다. "그런 생각은 안 해봤어." 그가 천천히 대답했다. "좋은 생각인데."

"바람이 적당한 속도로 안정적으로 불어만 준다면." 매스 매슨은 닥터와 의견이 같았다. "왁스를 입힌 천처럼 매끄럽게 미끄러질 거야."

닥터가 대답하기 전에, 밸프레드의 음성이 들려왔다.

"닥터, 바람이니, 속력이니, 편평한 길이니 그런 건 전부 다 너무 위험해. 옛날에 링스테드에도 바람에 미친놈이 하나 있었어. 놈은 도살장의 수습생은 아니었어. 그랬다면 그런 정신병에 걸리지는 않았을 테니까. 녀석의 이름은 퇴네센이었는데, 신문가판대를 하나 운영했어. 닥터, 지금 생각해보니 그놈도 너처럼 바람에 미쳐 있었어. 정말 가혹한 운명을 살다간 녀석이었지."

모두의 시선이 밸프레드에게로 향했다. 밸프레드는 몸을 살짝 일으키고, 눈을 가리고 있던 모자를 밀어 올렸다. 혀를 놀려 씹는담배를 뒤집으며 그가 말을 이었다.

"퇴네센은 귓속에서 끝없이 불어대는 바람에 이끌려 여름내 배를 만들었어. 놈에게는 작은 외돛배가 하나 있었거든. 용골이 네덜란드의 낡은 돛배처럼 뱃전을 통과하는 이상한 모양이었지. 우린 언제든 호수 근처로 가면 퇴네센을 만날 수 있었어. 그런데 겨울이 와 호수가 얼자, 놈이 의기소침해져서 온종일 신문 가판대에 틀어박혀 천장을 보며 시간을 보냈어. 신문을 팔기 전에 읽어볼 생각도 안 하면서. 그런데 그 겨울, 놈에게 멋진 아이디어가 하나 떠올랐어. 그건 바로 놈의 키다리에 돛대를 세우는 거였어. 모두 알겠지만, 키다리는 맥주 상자를 운반하는 데 사용하는 자전거야. 왜 승강대가 편평하게 생긴 거 있잖아. 퇴네센은 키다리에 돛을 달고 등 뒤로 바람을 맞으며 소로 거리를 전속력으로 달렸어. 그리고 현기증이 날 정도로 빠른 속도로 소로를 지나 슬라겔세까지 갔어. 바람이 잦아들지 않았거든. 그런데 거기서 갑자기 바람이 방향을 바꾸는 바람에, 스칼스코까지 날아가야 했어. 풍향은 다시 바뀌었고, 놈은 보르딩보르*까지 밀려갔다가 약한 북풍에 실려 스토르스트룀 다리를 건너 롤란섬 절반을 횡단했지." 밸프레드가 검지를 입속으로 집어넣어 사기로 만든 인공치아에 낀 씹는담배를 빼냈다.

"그런데 그놈이 글쎄, 팔스터섬에서 사고를 당하고 말았어. 염병, 악운도 그런 악운이 없었지. 맛 좋고 시원한 맥주로 속을 채우며 바람을 탈 때였어. 뭔가에 기체가 부딪치며 강한 충격이 전해졌어. 퇴네센은 고개를 들었어. 그런데 돛대 아래 빙판 위에 웬 여자가 쓰러져 있었어. 여자는 씨암탉처럼 맥주 상자 위에 자빠져 있었지. 가방처럼 모포에 싸여 연행되면서."

"여자가 다쳤어요?" 라스릴이 말을 잘랐다. 그는 늘 작은 일에 연연했다.

밸프레드가 어두운 표정으로 라스릴을 바라보았다. "맞아, 다쳤어. 하지만 퇴네센의 키다리와 부딪쳐서 다

———

* 덴마크 셸란섬 동남부 스토르스트룀주의 도시.

친 건 아니었어. 그건 훨씬 오래전에 얻은 상처였으니까. 그 얘길 하려면 이브가 아담에게 사과를 건네던 시절로 거슬러 올라가야 해. 여하튼 애교를 부리는 여자는 재앙이야. 퇴네센을 가던 길에서 벗어나 건초더미가 널브러진 밭으로 사라지게 했으니까." 밸프레드는 눈을 아래로 깔고 손가락으로 기다란 수염을 빗어 넘겼다. "퇴네센은 최고의 운명을 살아 마땅한 착한 사내였는데, 정말 유감이었어."

"하지만 대륙빙하에는 여자가 없잖아." 닥터가 중얼거렸다.

밸프레드가 다시 수평 자세를 취하고 대구했다. "닥터, 그렇게 단언하지는 마. 여자들은 늘 뜻하지 않은 곳에서 불쑥 나타나."

라스릴은 이야기의 결말을 듣고 싶었다.

"그런데 그 퇴네센이란 사람은 어떻게 되었어요? 팔스터섬에 갇혔어요?"

밸프레드가 눈을 깜박이며 다시 잠을 청했다. "아니야, 여자와 노닥거리며 며칠을 보낸 뒤, 둘은 링스테드를 향해 길을 거슬러 올라갔어. 여자가 놈의 신문 가판대를 같이 운영하기로 했거든. 그래서 퇴네센은 돛을 매단 자전거의 맥주 상자 위에 의자를 하나 올리고 모포를 깔았어."

"그런 다음, 바람이 자길 집으로 데려다주길 기다렸겠군요." 라스릴이 번득이는 지성으로 상황을 예측했다.

밸프레드가 눈을 감았다. "아니, 전혀 그렇지 않아. 퇴네센은 훌륭한 항해사라서 여자를 배에 태우면 불행이 함께 온다는 사실을 알았어. 그래서 돛과 돛대를 제거하고 돌아오는 내내 페달을 밟았어."

사냥꾼들은 고개를 끄덕이며 닥터에게 시선을 고정했다. 당황한 모르텐슨이 땅에 쌓인 눈을 발로 비비적거렸다.

"이번에는 결과가 그렇게 나쁘지는 않을 거야." 그가 중얼거렸다. "과학 실험 삼아 그냥 한번 해보는 거니까."

"그럼 원하는 대로 해." 밸프레드는 경고해봤자 소용없다는 사실을 알았다. 그가 담배를 씹으며 만족스러운 듯 숨을 내쉬었다. "위험하겠지만, 행운이 있기를 바라." 밸프레드가 들릴락 말락 한 작은 목소리로 말했다. 이어, 몇 번인가 신음소리가 나더니 밸프레드는 한동안 깊은 잠에서 깨어나지 못했다.

바람의 썰매는 헤르베르트와 시워츠의 개들에게 끌려서 대륙 빙원으로 옮겨졌다. 고되기는 했지만 큰 장애 없이 등정이 이루어졌고, 사냥꾼들은 마침내 사방이 확

트인 고지에 이르렀다. 처음으로 보는 장엄한 경관에 작은 페데르센이 숨을 헐떡이며 탄성을 내질렀다. "이런 걸 두고 바로 세상의 끝이라고 하는 거구나!" 썰매 옆에 서 있던 시워츠는 작은 페데르센이 감동해 내뱉은 말에 깊이 공감했다.

텐트가 세워지고 음식이 준비되었다. 닥터는 마지막 점검 삼아 강철처럼 딱딱해진 양모 조각으로 썰매의 스케이트 날에 광을 냈고, 모르텐슨은 브레이크와 방향기에 액상 기름을 들이부었다. 그리고 모두가 적당한 속력으로 바람이 불기를 기다렸다. 이틀이 지나고, 텐트 아래서 노닥이는 더 많은 날이 지나갔다.

그러던 어느 날, 갑자기 바람이 일었다. 해안을 따라 줄지어 늘어선 산봉우리 너머로 짙은 그림자가 하늘에 드리우더니 천막을 뒤흔들며 반가운 바람이 불어왔다.

모르텐슨과 닥터는 시범 운행 준비에 박차를 가했다. 먼저, 돛대 끝에 묶인 사다리꼴 모양의 추락 방지용 안전띠가 두 사람의 허리에 감겼다. 이어, 혹한에도 피부가 상하지 않도록 여러 겹의 기름을 얼굴에 발랐다. 카미크에 아직 익숙하지 않은 모르텐슨은 시범 운행 중 썰매에서 내려갈 일은 절대로 없을 거라며 등나무 실내화를 고집했고, 만일을 대비해 블랙 초콜릿 여덟 조각과 독주

네 병을 썰매에 실었다.

바람이 거세졌다. 닥터는 난간에 서서 아노락 모자를 단단히 붙들어 맸다. 그가 모르텐슨을 향해 적당한 바람이라고 소리치고 고개를 끄덕였다. 모르텐슨은 보조 바퀴 뒤, 바다표범 가죽을 깐 작은 단에 걸터앉아 다리 사이로 브레이크를 힘껏 들어 올렸다. 그 단 한 번의 단호한 손놀림에 브레이크가 느슨해지며 바람의 썰매가 앞으로 미끄러졌다. 닥터가 커다란 돛을 펼쳐 방향을 잡자 썰매에 가속도가 붙었다. 썰매는 매스 매슨의 개들을 자빠뜨리고, 밸프레드가 묵고 있던 텐트 줄을 뽑아냈다. 밸프레드는 천막이 내려앉는데도 낮잠이라는 달콤한 여행을 포기하지 않았다.

야영지에서 그들을 멀어지게 한 것은 그저 그런 바람이 아니었다. 앤틸리스 제도에서 시작된 태풍 넬리의 꼬리였다. 넬리는 대단한 위력의 태풍으로 도무지 예측이 불가능했다. 여행자들의 길을 엉망으로 뒤엎고, 커다란 배를 들어 올려 육지로 운반해놓는가 하면, 그린란드 남부의 산속에서 평화롭게 풀을 뜯던 양 떼의 털을 모조리 뽑아버렸다. 그런 넬리가 지금, 돛을 한껏 부풀리며 썰매를 무서운 속도로 추진시키고 있었다.

모르텐슨은 살아 있는 기쁨을 느꼈다. 태풍 넬리가 내는 거센 굉음을 뚫고 그가 닥터의 등을 두드리며 소리쳤다.

"닥터, 스피니커를 펼칠까?"

닥터는 썰매를 조종하는 일에 정신이 팔려 동료의 말을 듣지 못했다. 모르텐슨은 닥터의 침묵을 승낙으로 받아들이고, 뱃머리의 삼각돛 앞을 수 미터나 차지하고 있던 커다란 스피니커를 펼쳤다. 순간, 썰매에 가속도가 붙으며 금세 넬리를 따라잡았다. 그래도 닥터는 크게 염려하지 않았다. 썰매는 폭풍의 눈에 진입해, 빙판 위에서 안정적으로 균형을 잡았다. 이따금 보조 바퀴 하나가 몇 센티 정도 들리기는 했지만, 크게 걱정할 정도는 아니었다.

닥터는 바람의 썰매를 잘 몰았다. 그는 썰매의 방향을 바람에 맞서 회전시키고, 스피니커를 옆으로 움직였다. 그러자 우측 보조 바퀴가 50센티미터 정도 들리며 모르텐슨이 트라페즈 안으로 나가떨어졌다. 하지만 그는 닥터의 엄격한 교육을 받으며 룸펠곶 기지 앞에서 혹독한 훈련을 치른 사내였다. 그래서 추락 방지용 안전띠 속에서 몸을 기울여 수평을 유지할 수 있었고, 뚱뚱한 배 속을 간질이는 달콤한 느낌에 몸을 맡길 수 있었다. 바람의 썰매는 잠시 뒷걸음치는가 싶더니, 이내 머리가 어지러워질 정도의 강한 속력을 얻어 앞으로 나아갔다.

닥터가 고개를 돌리고 모르텐슨에게 햇빛처럼 찬란한 미소를 지었다. "빌어먹을, 모르텐슨, 너도 바람의 속도를 느끼지? 염병할, 이게 얼마 만에 느껴보는 거야? 우라질, 그동안 이 바람이 얼마나 그리웠는지 몰라!" 그는 잔뜩 흥분해서 출신지의 방언을 모조리 내다 버리고 그린란드 북동부의 언어로 외쳤다. 모르텐슨이 웃었다. "젠장, 불알까지 다 떨려! 빌어먹을, 대체 무슨 짓을 한 거야? 너 진짜 염병할 배를 만들었다!"

두 친구는 두꺼운 얼음 위로 3킬로미터 정도를 더 미끄러졌다. 스케이트 날이 빙판에 새긴 평행선은 소용돌이치며 내리는 눈발에 지워져 순식간에 자취를 감추었다. 닥터는 바람의 썰매가 지닌 가능성을 최대한 활용했다. 진정한 뱃사람답게 넬리의 맹렬한 위세를 이용했다. 닥터와 모르텐슨은 돌아갈 생각이 전혀 없었다. 항해가 생각보다 훨씬 감동적인 까닭이었다. 넬리는 썰매를 전복시키려고 안간힘을 썼다. 이쪽저쪽 밀고 부딪치며 거침없이 중심점을 옮기고, 사방으로 거친 바람을 토해냈다. 그러나 닥터는 탁월한 조종 능력으로 태풍이 파놓은 여러 함정을 피해갔다. 앞으로 살짝 몸을 굽힌 채, 썰매의 홍예문에 두 발을 각각 고정하고, 시시각각 변화하는 커다란 돛을 감시하며 한 치의 실수도 용납하지 않았다.

모르텐슨은 조악한 추락 방지용 안전띠 속에서 묵묵히 동료의 곁을 지켰다. 안전띠는 평상시 개를 묶는 데 쓰는 고삐로 만든 것이었다.

결국 넬리가 두 손을 들었다. 태풍의 숨결이 잦아들면서, 맹렬한 기세를 꺾고 투덜대기 시작했다. 투덜댐은 이내 맥없는 단념의 한숨으로 이어졌고, 바람의 썰매에 탑승한 뱃사람들의 목덜미를 가볍게 어루만졌다. 빙원을 가로지르는 그들의 항해는 네 시간 동안 지속되었다. 닥터가 가늠한 바에 따르면, 대략 시속 100킬로미터의 속력으로 동쪽 연안과 서쪽 연안 사이의 절반에 가까운 거리를 이동했다.

닥터가 어깨 위로 스피니커를 내리고 말했다. "돌아가기 전에 잠시 쉬어야 할 것 같아."

모르텐슨이 브레이크를 잡아당기자, 썰매가 멈추었다. 그는 추락 방지용 안전띠의 훅을 열고, 작은 단 위에 자리를 잡았다. 그리고 기쁜 마음으로 주변을 둘러보았다.

한편, 그린란드 북동부의 주민들은 그 시각, 폭풍이 지나가기를 목 빠지게 기다렸다. 짐을 옮기기도 전에 텐트가 날아가 유숙할 곳을 잃은 밸프레드와 한센은 비요르켄과 그의 동료들이 머무는 텐트에 기숙했다. 사냥꾼들은 바람에 목매달지 않도록 개들을 풀어주었다. 그러자 순식간에 엎어진 썰매 다리가 눈 속에 깊이 파묻혔다. 이 모든 일이 24시간 안에 일어났다. 사냥꾼들은 온종일 고장 난 상태로 고기를 삶고 증류주를 퍼마셨다. 그리고 한껏 거드름을 피우며 닥터와 모르텐슨의 불행한 삶을 추모했다.

"그 두 늙은 현자는 벌써 저세상으로 갔을 거야, 분명 안 좋은 일이 일어났을 테니까." 밸프레드가 말했다. "남의 불행을 두고 재미 삼아 말하는 건 아니야. 하지만 모두 돛과 바람에 관한 이야기가 얼마나 위험한지 알았을 거야. 빌어먹을 일이지만, 그들은 이제 아주 먼 곳으로 갔고, 돌아올 가능성도 거의 없어."

"맞아, 둘 다 돌아오지 못할 거야." 비요르켄이 거들었다.

"게다가 모르텐슨은 등나무 실내화를 신고 있었어요!" 라스릴이 신경질적으로 웃으며 자리를 떴다. 늘 그랬듯, 바람이 그의 시스템을 건드린 것이다. 모두는 죽음이라는 운명 공동체의 일원으로 종횡무진 널뛰는 라스릴의 기분을 달래려 애썼다. 라스릴은 두통에 시달렸고, 누구의 말도 들으려 하지 않았다. 간혹가다가 밸프레드처럼 피할 수 없는 잠 속으로 빠져들기도 했다. 비요르켄은 신경질적으로 변해 울다 웃는 라스릴을 성난 눈으로 노려보았다. 비요르켄은 밸프레드의 유혹에 넘어가 증류주를 한 모금 마시고 술병을 중위에게 건넸다. 중위는 피골상접한 부처처럼 말없이 앉아 명상에 들어 있었다. "돛을 다스리지 못했다면 분명 길을 잃었을 거야. 빙원 한가운데에서 추위와 배고픔, 목마름에 시달리다가 죽을 테고."

밸프레드가 동료에게서 술병을 회수했다. "비요르켄, 둘 다 노련한 사내들이야." 그가 말했다. "게다가 배에 술도 네 병이나 있었잖아. 이성을 잃지만 않는다면, 그것만으로도 한동안 버틸 수 있어." 그는 술을 마셨다. "한센, 빙산 꼭대기에 몇 주나 갇혀 있다가 살아 돌아온 때를 기억하지? 그때 우리한텐 노간주나무주가 한 병밖에 없었어. 불행한 일이었지. 정말 지옥 같았으니까. 그런데도 우린 거기서 빠져나왔어, 헤, 헤." 밸프레드가 다시 술잔을 기울였다.

중위는 손가락을 부르르 떨며 뼈마디를 길게 늘여 딱딱 소리를 냈다. "그 둘에게는 충분한 능력이 있어." 그가 말했다. "그리고 그건 내 이름이 한센이라는 것과 중위이자 사냥꾼이라는 것처럼 바뀌지 않는 사실이야. 나는 그들이 살아 돌아올 거라고 확신해."

24시간이 지나자 위풍당당하던 넬리의 기세가 꺾이고, 북위 71도 높이에서 폭풍이 소멸했다. 사냥꾼들의 야영지에서 600킬로미터 떨어진 곳이었다. 그린란드 북동부의 주민들은 텐트를 접고 삼삼오오 연안으로 모였다. 추억이 깃든 룸펠곳에 도착한 이 소규모의 무리는 한동안 덧문과 현관문을 닫고 애도의 시간을 보냈다. 그리고 각자의 집으로 돌아가 일상으로 복귀했다. 오래지 않아 모르텐슨과 닥터는 그들의 기억에서 서서히 지워졌다.

그 시각, 두 뱃사람은 연안에서 몇백 킬로미터 떨어진 곳에서 평화롭게 잠을 자고 있었다. 항해 용품을 죄다 끌어다 몸을 덮어서 두 사람 다 추위를 느끼지 않았다. 닥터가 조용히 코를 고는 동안, 예전과는 다른 전립선 문제로 잠에서 깨어난 모르텐슨이 끝없이 둥글게 펼쳐진 하늘을 올려다보았다. 밤은 별로 가득했고, 낮 모양의 달은 이름을 알 수 없는 수많은 별 한가운데에 편안히 누워 휴식을 취하고 있었다. '이 순간을 어떤 말로 표현할 수 있을까?' 그가 생각했다. '창조주와 나 사이에 일어난 이 일을! 맞아, 이 순간을 표현할 말은 세상에 없어. 그린란드 북동부의 언어에도 없고, 푄섬의 언어에도 없어. 저 위에서 반짝이는 수만 개의 작은 별과 둥글게 곡선을 이루며 잠든 달을 봐, 얼마나 놀라워! 끝없이 펼쳐진 보랏빛과 녹회색의 빙하는 또 어떻고! 어떤 말로도 우리는 이런 풍경을 묘사할 수 없어.'

모르텐슨은 심장이 뛰는 소리를 들으며 보이는 모든 것에 경탄했다. 그는 이미 쉰일곱 해라는 삶을 살았다. 이것은 그가 등나무 신발을 벗을 날이 그리 멀지 않음을 의미했다. 그런 그가 이제 와 이렇게 놀라운 체험을 하게 되었다. 모르텐슨은 닥터를 바라보았다. 닥터 또한 하늘을 응시하고 있었다.

"닥터." 모르텐슨이 속삭였다.

"응."

"우리가 마지막으로 휴가를 간 게 벌써 몇 년 전이지?"

"응."

"그러면 아직 쓰지 않은 휴가가 많겠네, 안 그래?"

"응, 적지 않을 거야." 닥터가 중얼거렸다.

"그럼 이번 일을 휴가처럼 편안하게 생각해도 되지 않을까? 어떻게 생각해?"

"좋아. 그렇게 해, 모르텐슨. 그런데 그래도 좀 부족할 것 같지 않아?"

"그럼 휴가를 조금 더 앞당겨 쓰면 되지. 앞으로 한두

해 사용할 휴가를 이참에 즐기자. 어때?" 모르텐슨이 제안했다.

닥터가 일어나 앉았다. 그가 북동쪽을 바라보았다. "모르텐슨, 구름을 봐. 움직이고 있어. 바람이 곧 불 거야."

모르텐슨도 일어나 앉았다. "우리에게 유용한 바람이겠지?"

"우리 생각이 같다면, 이 바람은 더없이 완벽해. 우릴 바다로 데려다줄 테니까."

"어떤 바다, 닥터?"

"좋은 바다." 닥터가 대답했다. 그가 몸을 감싸고 있던 커다란 돛을 펼쳤다. "모르텐슨, 썰매를 준비해야겠어. 곧 다시 길을 나서야 할 테니까. 바람은 늘 생각보다 빨라."

모르텐슨 무전 기사 외에, 룸펠곳의 통신기를 다룰 줄 아는 사람은 없었다. 따라서 그해, 사냥꾼들은 남은 세상과의 소통이 단절되었다. 그래도 베슬 마리호는 여느 해처럼 8월 초에 도착했고, 쌍안경으로 재빨리 시찰을 마친 비요르켄이 놀란 얼굴로 눈에서 쌍안경을 뗐다. 그가 코를 킁킁거리며, 눈가에 맺힌 눈물을 소맷부리로 닦았다. 라스릴은 스승에게 감동한 이유를 묻고 싶었지만, 그 즉시 파블로프의 지난 가르침을 기억해내고는 입을 다물었다. 질문을 하면 비요르켄이 분명 성질을 부릴 터라서, 라스킬은 말없이 조바심에 몸을 떨었다. 잠시 후, 기관지염이 재발한 듯, 비요르켄이 컥컥대며 진술했다.

"올슨과 부선장…… 그리고 닥터!"

한참 후, 올슨이 뱃전에 모습을 드러냈다. 급하게 마신 증류주의 숙취에서 벗어나기 위해서였다. 사냥꾼들이 자정의 태양 아래 톰슨곳 오두막 앞의 벤치로 몰려갔다. 닥터는 당황한 얼굴로 손에 든 모자를 조몰락거렸다. 모두의 관심이 이런 식으로 그에게 쏠린 적은 없었다. 룸펠곳에서는 언제나 모르텐슨이 주인공이었다. 그가 전신을 다룰 줄 알고, 신호로 마술을 부리며 온 세상이 그에게 귀를 기울이게 만드는 능력을 갖춘 까닭이었다. 반면, 닥터는 무선전신의 대가에게 전기를 공급하려고 별채 오두막에서 낮이고 밤이고 페달을 밟는 일개 일꾼에 지나지 않았다.

"그러니까 둘 다 대륙빙하를 무사히 가로지른 거네." 매스 매슨이 중얼거렸다. "빌어먹을, 정말 염병할 여행이었겠다, 닥터."

"말하자면 그래. 우리에겐 회수해야 할 휴가가 적잖이 있었거든." 닥터가 변명했다. "그런데 감사하게도 신이 앞으로 여기서 4년을 더 쉴 수 있게 해주셨어."

매스 매슨은 자리에서 일어나 벤치 앞을 서성였다. "그럼 모르텐슨은?" 그가 물었다.

닥터는 걱정스러운 듯 어깨를 들썩였다. "모르텐슨은 오지 않아. 피오르 끝에 작은 집이 하나 있는데 식량과 석탄이 충분해. 고트호브* 사람들이 휴가를 보내러 오는 곳이지."

"남쪽으로 그렇게까지 멀리 내려간 거야?" 헤르베르트가 믿을 수 없다는 듯 물었다.

"우린 바람이 이끄는 데로 갔어. 그래서 처음 생각보다 훨씬 더 남쪽으로 내려갔어. 봄에 피오르가 녹았을 때는 사람들이 와서 우릴 수도로 데려갔어. 거기서 빙원을 가로지른 최초의 사람으로 바쁜 일과를 보냈지. 모르텐슨은 군대 식당의 여자 관리인과 사랑에 빠졌어. 처음에는 라르동에, 그다음에는 두 쪽으로 쪼개 말린 완두콩에, 마지막으로 한 여자에게 반했지. 어쨌든 모르텐슨이 모두에게 안부를 전해달라고 했어."

———

* 현지어로 '누크'인 고트호브는 덴마크령 그린란드의 수도이자 행정 중심지로 그린란드에서 가장 큰 도시다.

밸프레드는 평상시와 다르게 일찍 잠에서 깼다. 그가 히스밭에 누운 채 웃으며 말했다.

"내가 한 예언일랑 모두 잊도록 해. 알았지? 바람에 미친 놈이라고 죄다 끔찍한 일을 당하는 건 아니니까. 모르텐슨은 정말 영리해. 군대 식당의 여자 관리인에게 다 붙다니! 정말 아름다운 세상이야. 그렇지, 닥터?"

"맞아, 모르텐슨은 여신을 만났어." 닥터가 대답했다. "나조차 반할 만큼 멋진 여자였어." 그가 꿈꾸는 얼굴로 고무장화를 내려다보았다. "키가 크고, 동글동글하고, 다정하고, 유쾌한 여자였지."

"아, 그랬구나. 그래서 발이 묶인 거야." 밸프레드가 말했다. 그가 눈을 감고는 허공에 대고 입맞춤했다. "하여튼 모르텐슨은 운이 좋아. 여긴 올라탈 말도 없는데. 안 그래?"

북극 허풍담 7
위험한 여행

초판 1쇄 인쇄 2023년 2월 8일
초판 1쇄 발행 2023년 2월 17일

지은이 요른 릴
옮긴이 지연리
펴낸이 정중모
펴낸곳 도서출판 열림원

출판등록 1980년 5월 19일(제406-2000-000204호)
주소 경기도 파주시 회동길 152
전화 031-955-0700
팩스 031-955-0661   페이스북 /yolimwon
홈페이지 www.yolimwon.com   트위터 @yolimwon
이메일 editor@yolimwon.com   인스타그램 @yolimwon

주간 김현정   디자인 강희철
책임편집 이서영   마케팅 홍보 김선규 최가인
편집 조혜영 황우정 최연서 김민지   온라인사업 서명희
교정교열 김정현   제작 관리 윤준수 이원희 고은정

ISBN 979-11-7040-153-7   04850
      979-11-7040-057-8   (세트)

* 저자와 출판사의 서면 허락 없이 내용의 일부를 무단 도용하거나 발췌하는 것을 금합니다.
* 책값은 뒤표지에 있습니다. 잘못된 책은 구입하신 곳에서 교환해드립니다.

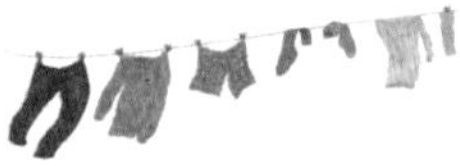